新雅
名著館

雙城記

原著　查理·狄更斯〔英〕

撮寫　趙小敏

新雅文化事業有限公司

www.sunya.com.hk

世界名著 —— 啟迪心靈的鑰匙

　　文學名著，具有永久的魅力。一代又一代的讀者，曾從中吸取智慧和勇氣。

　　面對未來競爭性很強的社會，少年兒童需要作好準備，從素質的培養、性格的塑造、心理承受力的加強、思維方式的形成、智力的開發，以及鍛煉堅強的意志，都是重要的課題。家庭教育的單調、學校教育的局限、社會教育的不足，使孩子們面對許多新問題感到困惑。而文學名著向小讀者展現豐富的世界，通過書中具體的形象、曲折的情節，學會觀察人、人與人的關係，和錯綜複雜的社會矛盾。可以說，文學名著是人生的教科書，它像顯微鏡一樣，照出人的內心世界和感覺。通過書中人物的命運，了解社會，體會人生，不知不覺地得到啟迪心靈的鑰匙。而名著中文學的美，語言的美，更是滋潤心田的清泉。

　　然而，對於年紀尚小的讀者來說，這些作品原著的篇幅有些長，這套縮寫本既保留了原著的精髓，又符合小讀者的能力和程度，是給孩子開啟文學大門的最佳選擇。

著名兒童文學作家
冰心獎評委會副主席　**葛翠琳**

　　《**雙城記**》是一本歷史小說，歷史小說裏面的故事
不一定是真人真事，但反映了當時的歷史真實。

　　法國大革命是一場**轟轟**烈烈的大革命。它標榜着民主
的興起和勝利，把歷史推進了一個新的時期，它對世界的
影響是深遠的。

　　作品反映了現實，也反映了作家的觀點。小說裏描寫
那些貴族如何敗壞，如何殘害百姓。在這方面，作者對法
國大革命是絕對支持的。

　　可是，為什麼作者寫到一些同情革命的人，反而在革
命中受到傷害，是否作者的態度前後矛盾呢？不！不是這
樣！作者希望革命進行得更加完善，不要把革命單純看成
是復仇，誤殺無辜，應該更理智一點，不要把朋友看成敵
人。這樣做，革命的果實才會更加甜美。作者相信未來的
社會就是這樣的。

　　同時，作者是一個人道主義者。他相信「愛」可以改
變一切，愛可使一個平凡的人變得偉大。因此他就創造了
卡爾登這樣的人物。為什麼這個人物一出現時是那麼一個
消極的人物呢？正是這樣才顯出了只要有了愛心，即使是
這樣消極的人也能改變成為一個「積極」的人來。

目錄

一、迷惘之路

這是最好的時候，這是最壞的時候；這是智慧的年代，這是愚蠢的年代；這是信仰的時期，這是懷疑的時期；這是光明的季節，這是黑暗的季節；這是希望的春天，這是失望的冬日；人們正在攀登天堂，人們正在墮落地獄；總之，這時代正和現在那麼相像。⋯⋯

事情開始在1775年，11月，一個星期五晚上。一輛從英國倫敦開往**多佛**①的**郵車**②，在迷濛的大霧中，吃力地向山上爬行。由於山路太泥濘，於是車上的三位旅客只好下車步行。他們彼此都

> **知識泉**
>
> 1775年：這是法王路易十六登基的第二年。當時法國仍處於君主專制時代，國王的權力極度膨脹，以高壓手段控制國家；貴族也任意使用特權，奴役人民。這時的社會充滿不安與憤怒，潛伏着革命的危機。

---

① **多佛**：英國東南部的海港，與法國的加來遙遙相對，是英國與歐陸之間交通上、軍事上的重要地點。

② **郵車**：運送郵件及旅客的馬車。

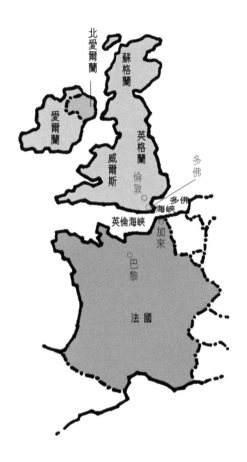

北愛爾蘭

蘇格蘭

愛爾蘭

英格蘭

威爾斯

倫敦 ○

多佛

多佛海峽

英倫海峽

○加來

○巴黎

法國

不說話。在那個時代，誰都可能是強盜或強盜的同黨。坐在車上的護衛，一直都緊張地警戒着。

　　好不容易上到山頂，車夫停了下來。他打開車門，正要請三位旅客上車時，突然聽到一陣急促的馬

蹄聲！

護衛一躍跳上踏板，端好了槍說：「諸位先生，也許是強盜來了，大家做好準備！」

旅客們驚恐地站到他身旁。

馬蹄聲越來越近了。

護衛大聲叫道：「站住！我要開槍了！」

馬被勒住了。一個粗魯的男聲，從霧那邊傳了過來：「是多佛郵車嗎？我要找謝維斯·勞雷先生。有一封信要立即交給他。」

旅客中有一個人向前邁了一步。

「我是勞雷。你是誰？錢雷嗎？」他對着霧那邊喊。

「是的，勞雷先生。」騎馬人說。

在護衛警覺的注視下，勞雷接過錢雷遞過來的信，在車燈的光亮中匆匆讀了一遍，抬起頭對錢雷說：「請告訴曼奈德小姐，說我的答覆是：『復活了。』快走吧，晚安！」

「是，遵命！」錢雷一臉不明白的樣子，跨上馬，又朝原路折回。

郵車開始下山了。三個旅客仍在車中默默無言。車廂前面的車夫和護衛卻在悄悄議論：

「你聽到他的口信沒有？」

「聽到了。什麼復活了，真是莫名其妙。」

那位叫勞雷的先生卻沒有聽見。這時他正在顛簸的車廂一角坐着，腦子裏總晃着一個男人的臉孔。他想：一個經歷了十八年**鐵窗**[①]煎熬後的醫生，如今會是什麼樣子呢？

郵車在第二天中午到達多佛。勞雷住進了皇家喬治旅館。他替一位即將到來的小姐，另外訂了一個房間。

吃晚飯的時候，他等候的那位小姐到了。

勞雷在為她預訂的房間裏，見到了這位小姐。她是一位十七、八歲的少女，頭髮金黃，美如天使，一雙碧藍的眼睛，清亮地看着勞雷先生。

「請坐，先生。」少女的聲音悅耳動聽。她就是露西・曼奈德小姐，一個沒有父母的可憐孤女。當

[①]**鐵窗**：指監牢。

年，是台爾森銀行的勞雷，把她從法國帶到英國來的。如今，勞雷就好像是她的監護人。

勞雷剛坐下，少女就說：「昨天，我收到台爾森銀行的一封信，叫我到多佛來。」

「是的，有件意想不到的事。」勞雷點點頭。

「信上說，讓我和銀行派來的一位先生接洽，然後到巴黎去。」少女又說。

「我就是銀行派來的。」

少女對勞雷先生恭敬地行了個屈膝禮。

「先生，銀行的信上說，你將會把這件事的底細都告訴我。是關於我父親的財產，還是其他什麼事呢？據說是一件驚人的消息，讓我要有心理準備。」

「是的。該從哪裏開始好呢？」勞雷想了想，終於說了出來：「我想告訴你，一個顧客的故事。二十年前，一個法國人，是巴黎有名氣的年青醫生，和一位英國女子結了婚，他家裏的財產完全委託台爾森銀行管理，我就做了他家庭的財產管理人……」

「請等一下，」少女說，「你說的是我父親的故事吧？先生，當時我的母親僅僅比我父親多活了兩

年。我變成了一個孤女，是你把我帶到英國來的，是嗎？」

勞雷先生注視着少女的面龐，「是的，是我。你由此一直受到台爾森銀行的監護。但是，假如令尊——曼奈德先生，他並沒有死⋯⋯」

「父親？他還活着？」少女大吃一驚，不由得抓住勞雷的胳膊説：「父親還活着？誰能證明？」

勞雷握住少女微微發抖的雙手，説：

「請鎮靜一下，小姐。在現在這個社會，也許有一種『魔術』似的東西，就像法國貴族所做的那樣，只要在一張空白的逮捕令上寫幾個名字，就可以把那些人抓進監牢，關多久都可以⋯⋯你父親，就是被那種逮捕令無辜地關進巴黎的巴士底監獄去的。」

少女全身打了一個寒顫。

「你的父母並沒有多大的財產，最近也沒有其他收益。不過，你的父親被發現了，他還活着——已被送到巴黎，在他從前的一個僕人家裏。我們要到那邊去辨認他。」

少女驚嚇得説不出話來。

「小姐，」勞雷慈祥地拍拍她的手背，「事情都告訴你了。我想，我們最好把他帶走。你父親被發現時，是頂着另一個姓名的。現在不是追究事情真相的時候，要緊的是設法把他轉送到法國境外。這是一件極端秘密的工作。我的證件和通行證都隱藏在：『復活了。』這句暗號中。小姐，小姐，你怎麼啦？」

曼奈德小姐臉色蒼白地暈過去了。

勞雷先生急忙大聲呼救。一個身材高大、相貌粗野的女人，立即跑進房來。她是照顧曼奈德小姐的普羅斯女士。

她一把推開了勞雷，又轉身對身旁一個旅館的僕役吼道：「看什麼？快去拿嗅鹽、冷水和酸醋來！」

她輕輕地抱着露西小姐，把她安放在沙發上，
溫柔而熟練地照料着她，輕輕地叫着「我的寶貝」、
「我的小鳥」，隨後又憤憤地瞪着勞雷先生：「你有
什麼樣的秘密，也不能把她嚇昏呀！看她多可憐！」

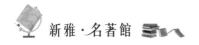

露西終於清醒過來了。

勞雷先生並不介意普羅斯的粗魯，「我希望你能陪曼奈德小姐到法國去。」他對她說。

「那也是可能的事！」這個健壯的婦人說，「你以為天註定要我只呆在一個島上嗎？」

第二天，露西·曼奈德小姐跟着勞雷先生，帶着普羅斯女士乘船渡過多佛海峽，到了**加來**[①]，然後轉往巴黎。

[①]**加來**：法國北部的港口城市。

～ 二、隔世父女 ～

　　巴黎的**聖安東尼區**①是一個貧民窟。街角有一間小酒館。酒館主人德法奇先生正站在門外，看着一大羣衣衫襤褸的男人女人，搶喝地上的髒酒。剛才，一個大酒桶掉在街上砸裂了，桶箍鬆開了，像乞丐似的貧民竟一擁而上，把地上的酒連同一些爛泥都一起啜盡。最後，酒沒有了，人羣也散去了。

　　德法奇返身走回酒館時，他的妻子德法奇太太坐在櫃台裏面，朝他乾咳了一聲。他立即注意到，店裏坐着一個年老的紳士和一位少女。

　　待店裏的三位顧客離去後，紳士走到了德法奇旁邊。他説的第一句話，就讓德法奇嚇了一跳。然後他很專注地聽着，沒過一會兒，他就點點頭，走了出去。紳士招呼少女過來，一起跟着他走了。

---

①**聖安東尼區**：巴黎近郊極窮困的工人區，靠近巴士底監獄。它是以基督教信徒聖安東尼命名的。

　　這紳士和少女，便是勞雷先生和曼奈德小姐。他倆跟着德法奇先生，來到一個臭哄哄的小院子裏。在通向狹窄樓梯的陰暗過道裏，德法奇對他過去主人的孩子單腿跪下，把她的手放在唇邊——這是當時的一個溫文的禮節，但他做得一點也不溫文。他甚至由此開始，顯現出一個三十歲的男人那種怒氣。

　　他們爬過一道又一道狹窄而陡峭的樓梯，終於到達**閣樓**①。德法奇先生掏出一把鑰匙來。

　　「門是鎖着的麼？」勞雷先生吃驚地問。

　　「是的。因為他給鎖了那麼長的歲月，要是門開着，他會嚇得發狂的！進去吧！」

　　跟在最後面的曼奈德小姐，因為激動而全身顫抖，臉上顯得十分驚恐。

　　「勇敢些！」勞雷先生悄悄地扶住了她。

　　門開了。這間堆放木柴雜物的黑房間，好一會才讓人看清裏面的東西。

　　一個老人！他的頭髮全白，坐在一張矮凳子上，

---

①**閣樓**：斜屋頂之下的一層，通常用來存放東西。

面向窗那邊，正忙着做鞋子。

德法奇先生向他問候：「午安！」

「午安！」他回答。聲音微弱，似從遠處傳來。

「你今天要做完這雙鞋嗎？」德法奇說。

「我想是吧。」他又埋頭做鞋。

德法奇招呼勞雷先生走過去，「你看，有個客人來看你了。」

鞋匠抬頭看了一眼，雙手仍在不停地做鞋。

勞雷讓曼奈德小姐留在門邊，獨自走過去默默地拿起了鞋匠手中的那隻鞋。

德法奇要他告訴勞雷，做的是什麼鞋，還有他自己的名字。

鞋匠迷惘地說：「你是問我的名字嗎？」

「是的。」

「北樓一百零五號。」

說完，他迷茫得如同在夢境似的，看看德法奇，又看看勞雷，然後從勞雷手中要回了那隻鞋子。

勞雷先生注視着他的臉，說：「曼奈德先生，你一點兒也不記得我了嗎？」

鞋子從他手裏掉到了地上。他呆呆地看看勞雷，又看看德法奇。他的臉孔漸漸浮上一層生命的光輝，但很快又黯淡下去，消失了。他木然地拾起了那隻鞋子。

　　少女這時已從門邊悄悄來到他的旁邊。

　　他終於看到她的長裙的下擺。他抬起頭，看到了她的臉！他問道：「你不是監獄守衞的女兒吧？」

　　「不是。」她輕輕地搖頭道。

　　「那你是誰？」他邊説，邊往後退縮。

可是少女把手輕輕地放在他的胳膊上。他莫名
其妙地一震，緩緩地放下手裏的鞋子，和做鞋的工
具，把手伸向自己的脖子，掏出在衣服下面的
一個小破布包，在膝上小心翼翼
地解開，裏面包着

的，竟是兩根金黃色的長髮！

他把金髮和少女的鬈髮比着、看着，定定地看着少女，説：「我被人叫出去的那個晚上，她把頭靠在我肩膀上——她有點怕我去，我卻不怕——待我被帶到北樓時，他們在我的袖子上發現了這兩根頭髮。我向他們説：「請允許我把這兩根頭髮留下來吧。它絕不能幫助我的肉體逃脱，雖然它可能幫助我的精神逃脱——那就是你嗎？」他猛地轉向少女，使德法奇和勞雷都嚇了一跳，而她卻安安靜靜地坐在那兒讓他抓着。

「不，不！」他又放開了少女，雙手瘋狂地撕扯自己的白頭髮，「你不是她！你太年青、太青春煥發了！你叫什麼名字？我的安琪兒！」

少女跪在他面前，雙手伸向他的前胸：「先生，我叫什麼名字，我不能在這個地方、這個時候告訴你。我能説的只是請你撫摸我，祝福我。親我，親我吧！親愛的！」

她把他的頭緊緊抱在自己的懷裏。他那冰冷雪白的頭髮和她金光閃閃的秀髮混在一起。「親愛的，哭

吧！你的苦難已經到了盡頭，我到這兒來就是為了把你接走，我們到英國去，去過平安的日子！」

　　他已完全跌倒在她的懷裏。德法奇和勞雷走上前來，想扶起這悲喜過度的父女倆。可是鞋匠已精疲力竭昏睡在地板上，少女也隨之蹲下去，使他的頭可以舒適地枕着她的胳膊。

　　勞雷和德法奇立即分頭去辦理旅行的護照和僱請馬車。

　　黑夜已到來。

　　父女倆攙扶着走下了樓梯。鞋匠被扶進馬車的時候，哀求把他的做鞋工具和鞋子也一道帶走。來幫忙的德法奇太太急忙去拿來給他。

　　德法奇先生也上了馬車，一直到了城門外，才跳下車來，返回他的酒館。

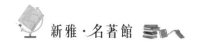

三、法庭怪案

曼奈德父女離開巴黎，回到倫敦，轉眼間已過了五年。

曼奈德先生漸漸恢復了當年的精神與毅力，也恢復了對往事的記憶。他和溫柔美麗的女兒——曼奈德小姐，愉快地生活在一起，使他重新感受到人生的溫暖。

只是這時在英國發生了一個案子，牽涉到曼奈德父女和勞雷先生。他們從法國返回英國時，曾與案中的被告同乘一隻船。

他們三人被法院傳訊了。

1780年3月的一個上午，法院正式開庭審理。

法官進來了。兩個獄卒把犯人帶了進來。他約二十五歲左右，長得很英俊，眼睛烏黑，兩頰曬成棕色，面對人們的注視和喧嚷，他的態度十分鎮定，顯得很有教養。

　　法官站起時，法庭上立即一片肅靜。檢察官宣讀說，本案被告查禮・達爾南，以涉嫌叛國罪被提起公訴。被告常常往來於英法之間，將刺探到的**英皇**[①]陛下的海陸軍實力，及其部署情況，傳給法國國王。一位愛國者決心探明他的計謀並報告了國務大臣和樞密院，並用自己的行動和忠誠感動了被告的僕人。僕人偷偷檢查了被告的抽屜和衣袋，發現了被告寫的文件。

　　法庭上立即響起一片嗡嗡議論聲。

　　接着，上面提到的那位愛國者出現在證人席上。他叫約翰・巴沙特，打扮得像紳士，而相貌卻十足卑鄙小人。他證實說，檢察官所說的都是確鑿無疑的。

　　被告的僕人在受審時也證實，他多次看到被告的衣袋和抽

知　識　泉

檢察官：代表國家偵查、起訴犯法者，並且監督審判活動的官員。

樞密院：在某些實行君主制度的國家，樞密院負責為君主提供意見。通常由貴族、高級官僚組成。英國的樞密院，在君主專政時期，還參與外交、殖民政策和重大政治案件的審判事務。

[①]**英皇**：這裏指英皇喬治三世（公元 1760 年 -1820 年在位）。

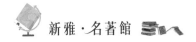

屜裏，有那些類似的文件。

接着，檢察長傳訊勞雷。

「勞雷先生，1775年11月，你曾為業務乘郵車從倫敦去多佛，是嗎？」

「是的。」

「郵車上還有別的旅客嗎？」

「有兩個。」

「他們曾在夜間下車嗎？」

「是的。」

「勞雷先生，被告是兩個旅客中的一個嗎？」

勞雷看了看達爾南，「我不敢說是的。」

「他像兩個旅客中的任何一個嗎？」

「難說。因為當時天很黑，大衣又裹得很緊。」

「勞雷先生，你以前見過被告嗎？」

「見過的。」

「什麼時候？在哪兒？」

「就在搭郵車的四、五天後，我從法國回來，在加來碼頭上，被告也上了船。」

「被告是幾點上船的？」

「午夜稍後一點。」

「你當時還有旅伴嗎？」

「有。一位紳士和一位少女。都在這兒。」

曼奈德小姐受到傳訊，站了起來。她回答說，在那隻**郵船**①上，她是見過被告。她怯生生地說：「當時，我父親身體很虛弱，我在甲板上為他鋪了一張牀。被告很親切地教我怎樣為父親遮住風雨。」

檢察長又傳訊了少女的父親。但他依然沒有得到他需要的證據。他的目的是要證實，被告中途下車，到一個有軍隊駐紮的地方去搜集了情報。

被傳訊的一個證人說，他曾看見被告在一家飯店，等某位傳遞情報的人。

被告的律師史特萊站了起來，盤問了很久，但除了知道證人僅見過被告一面外，別無所得。

史特萊旁邊坐着一位年青的律師，叫卡爾登。他從開庭至今，一直把兩手插在衣袋裏，眼睛朝上瞪着天花板。這時，他突然抽出手，在一張紙上寫了點什

①**郵船**：定期在固定的航線上，接載乘客作長途航行的船。

麼，揉成紙團，扔給史特萊。

　　當史特萊讀到紙上的字時，立即充滿好奇地仔細看了看被告。然後，再次轉向證人：

　　「你見過和被告十分相像的人嗎？」

　　「沒有。」

　　「那麼請你看看這位先生。」律師一指身邊扔紙團的卡爾登，「他就和被告非常相像！」

　　證人一看，大吃一驚，在場的人也驚異不已。特別是卡爾登脫去律師的假髮時，二人就更加相像。這樣一來，證人的證詞再沒有作用了。

史特萊大聲辯論道：「巴沙特才是真正的奸細！而那位僕人則是巴沙特的朋友和幫兇。他們這些偽造文件者，看上了被告，把他作為犧牲品，是因為知道他為了家庭間的糾紛，不得不時常奔走於英法之間。而巴沙特捏造出他叛國的案件，不過是想拿到一筆獎金，而陷害被告！」

律師的話引起了轟動。陪審團開始考慮案情了。只有卡爾登，仍在那兒看他的天花板。

知識泉

假髮：假髮是英國法官、律師自十七世紀以來沿襲下來的傳統法庭服飾，這些假髮主要由馬鬃毛製成。

這位卡爾登是使審訊發生急劇轉機的人。但他卻似是對名利、財富都漠不關心的、放蕩不羈的人。只是，今天他的眼裏除了天花板，實質還在時時關注着一個人。

他看到曼奈德小姐的頭漸漸垂下，幾乎掉到曼奈德醫生的懷裏時，第一個高喊：「快照顧一下那位小姐，她要昏倒了！」

法庭裏一片忙亂。他們把小姐、醫生扶了出去。

大街上的燈開始亮了，審判已進行了整整一天。終於等到了法官出來宣讀判決文：

「本案因被告罪證不足，給予無罪釋放。」

法庭裏響起了一陣歡呼聲。

勞雷急忙在一張紙條寫上「無罪釋放」，遞給門外的錢雷——他是台爾森銀行派來等候勞雷的消息的。

錢雷看看字條，喃喃地說：「這回你再傳『復活了』的信息，我也明白你意思的！」他急忙回銀行去了。

大家都向達爾南祝賀，已經恢復過來的曼奈德小

姐衷心地說：「恭喜，恭喜啦！」

達爾南熱烈而感激地吻了一下曼奈德小姐的手。小姐立即紅了雙頰。

達爾南向律師、勞雷先生一一致謝。隨後大家在法院門口分手了。

卡爾登走到達爾南身邊，建議二人上小酒館吃晚飯。「兩個如此相像的人在一起走，真是一個奇緣！」他說。

在舉起酒杯的時候，達爾南說，他仍像在做夢似的。卡爾登則自我解嘲地哈哈大笑，說他最大的願望就是忘卻自己是這世界上的人。

「而且我是一個百無一用的**浪子**①。在這點上看來，我們不大相像。哈哈！」

卡爾登已喝得半醉。他向達爾南提議乾杯。

「為誰乾杯？為誰祝福？」達爾南說。

「你心裏明白。」

「那麼，祝福曼奈德小姐！」

---

①**浪子**：不務正業，終日遊遊蕩蕩的青年。

　　「好，祝福曼奈德小姐！」卡爾登用力舉起酒杯，一下子碰到背後的牆壁，酒杯粉碎了。

　　達爾南又向卡爾登表達了感謝。

　　「我不需要感謝，只是舉手之勞。」卡爾登說，「你以為我喜歡你嗎？達爾南先生！」

　　「我……沒有想過。」達爾南說。他結了帳，站起身來，向卡爾登道聲再見，兩人分手了。

　　從小酒館裏出來，卡爾登獨自在倫敦的夜街上遊蕩。他的眼前不時晃出曼奈德小姐的倩影，但他知道自己不配去愛她，而只有達爾南——一想到這裏，他就感到懊悔和痛苦。天快亮的時候，他才回到自己的公寓裏。

～ 四、友情相聚 ～

曼奈德醫生和他的女兒，住在倫敦一條僻靜的大街轉角的房子裏。

到這裏來找曼奈德醫生看病的人，都仰慕他過去的名聲，或是對他的遭遇感到好奇。但是醫生精湛的醫術，漸漸使上門求醫的病人越來越多。醫生一家的生活已漸有盈餘了。

在這個星期天下午，勞雷來到曼奈德醫生家拜訪。法庭的那場風波已過去四個多月了，勞雷仍是經常掛念着他們。

新僱的一個女僕請勞雷先生進來稍候，因為曼奈德父女剛巧外出了。

勞雷上了二樓。他慢慢地踱^①着，走過了布置得很雅緻的小姐**閨房**^②、醫生的診室，最後走到醫生的

---

①**踱**：慢步的走來走去。
②**閨房**：婦女專用的房間。

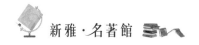

卧房。他一眼看見堆放在一角的做鞋工具，還有那張矮凳子。

「奇怪！」勞雷禁不住自言自語，「他為什麼還把這些東西放在身邊？」

「你説什麼？」一個粗魯的女聲讓勞雷嚇了一跳。他轉身一看，原來是普羅斯——在多佛旅館見過的那個女人。

「哈哈！」普羅斯笑了起來，「是你麼勞雷先生！你好麼？」

「托你的福，還好。你好嗎？」

「我挺好。只是為我的曼奈德小姐心煩。」

「我可以問問是什麼原因嗎？」

「那些根本就配不上她的年輕男人，整天追上這兒來，成百成百的！」她用誇張的語氣説着，「要是我的弟弟所羅門不出那個差錯，或許他還能配得上。」她又説。

於是勞雷先生知道，普羅斯有個弟弟所羅門，卻是個毫無心肝的惡棍，他剝奪了普羅斯的一切，用於投機事業，而使她陷於貧困之中。姐弟已很多年失去

聯繫了。

勞雷轉了個話題：「曼奈德醫生有沒有説起，他被監禁的原因、陷害他的貴族名字這些事情呀？」

普羅斯卻大大咧咧地一揮手説：「對不起，我對醫生知道得太少了。」

他倆同時聽到樓梯上的腳步聲，曼奈德醫生父女回來了！

他們相見很高興，並一齊享用由普羅斯烹飪的英法口味混合的晚餐。

當他們飯後到院子納涼時，達爾南來了。

自從那次審判以後，達爾南常到這兒來作客，彼此間已是好朋友了。

今天曼奈德醫生精神特別好，看起來像年輕了許多。他們的談話顯得非常活躍愉快。當他們把話題扯到英國古老建築物的時候，達爾南説：

「曼奈德醫生，你仔細參觀過倫敦塔嗎？」

知識泉

倫敦塔：位於泰晤士河北岸，是一組六角形的城廓，十一世紀由威廉王所建造。內裏擁有倫敦最古老的教堂。它曾是軍事上的要塞和政治犯的牢獄。於1988年列為世界文化遺產。

「唔，和露西去過一次，走馬看花而已。」

「我被關過在裏面。」達爾南提起上次的被捕依然有些憤怒，「沒能自由地參觀，但我聽到了一個故事，一個奇怪的故事。」

露西立即很有興致地追問：「什麼故事？」

「在改建一些地方的時候，工人們發現一座舊地牢。地牢的石牆上有很多囚犯刻的字，像姓名、日期、遺囑和祈禱之類。工人們在牆角的一塊**基石**①上，發現了三個字母，像是犯人用粗糙的工具匆匆刻成的。起初被看作是三個字母『D·I·C』，後來才發現『C』應是『G』，因為查不到有這樣字母開頭的犯人姓名，後來才想到應該是『DIG（挖掘）』！於是，他們挖開地板，果然從一塊石頭底下，挖出了一團紙灰和一個裝着灰的小皮袋。那個囚犯留在倫敦塔裏的東西，就成了永遠的謎了，他一定寫過些什麼，想留下來……」

「啊，爸爸，你不舒服嗎？」曼奈德小姐突然驚

---

①**基石**：建築物基底的石頭。

叫。

醫生剛才猛然驚跳了一下，把手伸向自己的頭。他的神態和表情讓大家都十分害怕。

「沒，沒什麼，有顆雨點滴了下來，嚇了我一跳罷了。我們還是進屋去吧！」醫生說。

雨真的一點接一點下起來了。

只有勞雷先生發現了醫生的臉，在轉向達爾南的時候，有一種很特別的表情。

疏疏落落的大雨點中，又走來了一位拜訪者：那位年青的律師卡爾登先生。他也是自從那次審判後，才和醫生一家交上朋友的。他加入了大夥閒談的隊伍。

曼奈德小姐說：「我常愛坐在窗邊幻想。但是今天晚上，我覺得十分害怕。」她顯露的神情很憂鬱。

「為什麼害怕呢？請告訴我。」達爾南溫和地笑着說。

街的那邊傳來了一些腳步聲，很雜亂，但並不是向這兒跑來，一會兒又消失了。

曼奈德小姐羞怯地說：「我只覺得那些腳步聲，

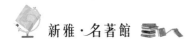

不久就會闖進來，那可怕的腳步聲呀！」

　　卡爾登插嘴說：「如果他們要破壞你家庭和諧的話，我會拚命擋住它的！」

　　這時，一道閃電劃過，照出了倚在窗邊的卡爾登鮮明的身影。

五、貴族之家兩代人

一個窮奢極侈的巴黎貴族們的化裝舞會，終於結束了。六十歲的侯爵來到院子，坐上了他的馬車。他命令車夫粗暴快速地揮舞鞭子，讓他的馬車飛也似地在街道上奔馳。嚇得在街上行走的人們驚恐地尖叫着躲閃。

在聖安東尼區的一個街角，馬車威武地輾過一個水坑邊時，一個輪子猛地顛簸了一下，馬前足高高立起，同時伴着許多人的高聲大喊。受驚的僕役匆匆跳下馬車。這時，馬的**韁繩**①已被二十幾隻手拉住了。

「出了什麼事？」侯爵若無其事地問。

一個大漢從馬蹄中間拾出一捆東西來，放在水池

①**韁繩**：繫在馬脖子上的繩，可以控制馬的進退。

邊，發瘋似地大叫：「死了！我的孩子！」

人們圍攏過來，看着侯爵老爺。

他拿出了錢袋。「你們這些人竟不能管好自己和你們的孩子，老是有人擋我的路，這會傷害我的馬的。接着，把這個給他。」

他向大漢扔出了一枚金幣。

大漢沒有撿錢，又發出令人毛骨悚然的慘叫：「死了！」

這時，圍着馬車的人羣閃開了一條路，一個男人走上來抓住了大漢。這悲痛欲絕的大漢一見他，便轉身伏在他肩上號哭起來。

「我都知道了。」這個男人說，「做個勇士吧，加斯柏！對這個可憐的小東西來說，死了比活着好，他沒受什麼痛苦一下就死了，想想看，他曾活過一小時快樂的日子嗎？」

「哈，你像個哲學家，」侯爵笑着說，「你叫什麼名字？幹什麼的？」

「人家叫我德法奇，賣酒的。」男人說。

「撿起這個吧，賣酒的哲學家，」侯爵又朝他扔出一塊金幣，「你拿去用吧！我的馬呢，牠們不會出什麼毛病吧？」

侯爵對那羣人再不看一眼。他往座位上一靠，讓車夫驅車起程。突然，一個金幣「噹」的一聲飛進了他的馬車，擾亂了他的安逸。

「勒住馬！」侯爵老爺大叫，「誰扔的？你們這些狗！」他向德法奇他們望去，「我若知這是誰對我的車子扔東西，我馬上輾死他！」

沒有一個人敢作聲。侯爵用輕視的目光掃了他們一眼，才向車夫發令道：「走！」

馬車在憤怒的注視中，耀武揚威地遠去了。

當燈火亮起來的時候，侯爵回到了他的別墅。這座高大的房子，座落在一片綠樹之中。

侯爵問僕人：「我的侄兒從英國來了嗎？」

「爵爺，還沒有。」

「唔，」侯爵自言自語地說，「那麼，今晚大概他來不到了。」

可是，當他的晚餐吃到一半時，門外卻傳來急速的車輪聲。不一會，一個風塵僕僕的紳士來到他面前。

他就是侯爵的侄兒查禮‧達爾南。

「我的侄兒，你這次來，**耽擱**①了很久。」侯爵

---

①**耽擱**：拖延，延遲。

説。

「不，爵爺，我是從倫敦直接來的。」

「對不起。我不是指路程，是説你在動身前耽擱了很久。」

「是的。」達爾南停頓了一下，「我被各種各樣的事務絆住了。我今日如你所願回來，是為了追求那個讓我遠走高飛的目標。它曾令我陷入極大的危險之中。如果它把我帶到死亡的境地，爵爺，我懷疑到時你是否願意拉我一把。」

侯爵沒有回答他。臉上卻掠過一種兇殘的表情。

「我知道你會施展權謀，不擇手段地阻止我所追求的。」達爾南説。

「你應該明白，」侯爵説，「我所做的一切，為的是保持我們家族的榮譽和安寧！」

「爵爺，」達爾南説，「我們倆都很關心家族的聲譽，只是觀點卻完全不同。為此，我要實行我母親最後的囑咐，以仁慈待人，為前人贖罪補過。我寧可拋棄一切產業，我要和我的同胞們一樣靠工作來維持生活。」

「在英國，是吧？」侯爵語氣裏顯出狡猾。

「是的。它還是我的避難所。」

侯爵突然站起來，一步跨到達爾南面前：

「除了你，它還是許多人的避難所呢！你知道有一個法國人也在那邊避難嗎？一個醫生！」

「是的，我認識他。」

「還帶着個女兒？」

「是的。」

「嗯，」侯爵的臉上露出詭秘的表情，「你累了，晚安！」他按鈴讓僕人領達爾南到卧室去。

當房間裏只剩下侯爵自己時，他穿着睡衣踱來踱去，直至他踱夠了，才緩緩地放下薄紗帳睡去。

當太陽升起時，侯爵的別墅裏的樓梯和過道上，到處是急促而慌亂的腳步聲，令附近修路的村民們十分驚訝和好奇。

「發生什麼事啦？」他們不停地互相探問。

漸漸村子裏所有的人都湧到門外的水池邊，驚詫地低聲議論着。

突然，一匹馬向這邊狂奔而來。騎馬的人來到這

裏，把侯爵的管家阿培爾拉上馬
背，又飛奔而去。

　　原來，侯爵在昨天夜裏被
人殺死了。一把刀插在他的心窩
上。刀柄上插着一張紙，上面歪
歪扭扭地寫着：

　　快快把他趕進墳墓。

　　　　　　　　雅各

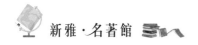

六、真情的諾言

又是一年過去了。查禮‧達爾南在英國已成為一名高等法文教員。他能用流利的英文把他精通的法文翻譯出來，並因此漸漸出名。

從在法庭受審判的時候起，達爾南就愛上露西小姐了。在一個夏天的午後，達爾南結束授課之後，就去找曼奈德先生，想找機會向他盡吐心裏的想法。

剛巧只有曼奈德先生一個人在家看書。他如今已變成了一個精力充沛的人，看到達爾南來訪，他高興地放下書，向他伸出手，道：「這幾天總想着，你什麼時候會來呢！」

「謝謝！」達爾南充滿熱情地問，「小姐她……」

「她很好，剛巧有點事出去了，很快會回來的。」曼奈德先生說。

「趁她不在家，我……想和你說幾句話。」

先生詫異地看着他，說：「好。你說吧！」

沉默了一會兒，達爾南終於說：「也許你已經知道，我愛上了你的女兒，曼奈德先生。」

「你對露西談過嗎？」

「沒有。」

「也沒有給她寫信？」

「沒有。」達爾南恭敬地說：「曼奈德先生，我深深知道你們父女間的深情。如果有一天我和露西結婚，我絕對不會讓你和她分開的。」達爾南說着，把自己的手放在醫生的手上，「我像你一樣，也是法國的自願流亡者。我只希望和你們一起去分擔不幸和憂患，分享幸福和快樂。」

> ### 知識泉
>
> 流亡者：法國王子路易·菲利普在1830年繼承王位以前，曾流亡瑞士，化名柯比，以教數學為生；法國大革命後，很多法國王公貴族流亡國外，以勞力謀生。

「你說得如此感人，先生，」醫生抬起眼睛望着達爾南問：「你知道露西是否愛你嗎？」

達爾南搖搖頭。

「我也無法猜透她的心思。」醫生說。

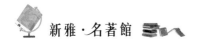

達爾南期待地望着醫生，問：「先生，請問還有沒有人在追求她？」

醫生説：「常來的人還有卡爾登和史特萊先生。或許他們也在追求我的露西。如果你想得到我的承諾，那就告訴我，你想要我承諾什麼？」

「若某一天，曼奈德小姐也跟我今天大膽所做的一樣，向你傾吐了內心的情愫，我希望你能證實我今天對你説過的話，表示你相信我的話。」

「我相信你。如果她有一天對我説，你對於她的幸福是不可缺少的，我就把她送給你。但是——」醫生緊握着達爾南對他表示感激而伸過來的手，説：「她就是我的一切。如果有什麼妨礙了她的幸福，無論是什麼問題，都應一筆勾銷！」

醫生説完，突然古怪地沉默了。一剎那間，他又變成了那個呆滯癡愚的鞋匠。

達爾南卻激動地説：「先生，為了報答你的信任，我要把我的一切告訴你。我現在用的不是真姓名，我⋯⋯」

「住口！」醫生幾乎要伸手捂着他的嘴巴，「待

我問你的時候才告訴我！你答應嗎？」

　　達爾南不解地點點頭，遵從醫生的意思。為了不讓露西看到他倆在一塊，便急急地離開了曼奈德先生的家。

　　露西在天色全黑時才回到家，屋子裏卻沒有父親的身影。她慌慌張張地四處察看，聽見父親卧室裏傳來低低的錘打聲。她從門裏一看，驚得大叫起來：「我怎麼辦呀，怎麼辦呀！」

　　對父親的愛使她很快地冷靜下來，她輕輕地走過去，邊叩門，邊小聲地呼喚他。敲打聲隨着她的語聲停下了，醫生走了出來，於是露西陪着他一起在房裏散步，走了很長時間。

　　那天夜裏，露西幾次起牀看父親睡得怎樣。他睡得很沉。

　　在他房間的一角，那幾件做鞋的工具和未完成的鞋子，都照原樣放在那兒。

　　而在這個晚上，史特萊律師正和卡爾登律師在一起喝酒。史特萊乘着酒興，得意洋洋地對卡爾登説，他想結婚了。

「你的太太是誰呢？」卡爾登笑着問。

「你曾稱她是金髮玩偶的露西小姐。」史特萊神氣地説，「你不覺得驚異吧？我的朋友，你沒有像我想的那麼難過。」

史特萊看卡爾登一杯接一杯地喝酒，就裝作關切的樣子説：「你也聽我的忠告，結婚吧！找個護士，或有房屋出租的女人結婚。這是你應該做的事！」

「我會想想的。」卡爾登突然笑了起來。

史特萊卻完全沒有料到，當他邀請露西小姐去**孚克斯合**①遊玩時，竟遭到了拒絕。

後來，他想起了勞雷先生，便向他求助。

勞雷先生卻認為，史特萊的求婚是不會成功的。他對史萊特説：「如果你願意，我可以為你跑一趟。當然，我不能代表你，但這樣可以省去你的許多麻煩。你認為怎樣？」

「那好吧，今晚我等你，再會！」

史特萊已敏感地覺察到，沒有十分可靠的根據，

---

①**孚克斯合**：位於泰晤士河畔，是舊時倫敦的一個遊覽勝地。

勞雷是不會如此表示態度的。因此，當勞雷先生在晚上十時來對他説，他的要求是無法實現的時候，他竟大聲地説：

「我鄭重地告訴你，沒有關係。我沒有向露西小姐求婚，我已完全脫離了我的妄想。我非常感激你，先生。」

他邊説，邊把勞雷先生推到門邊去。

不久，史特萊就休假去了。走前，他告訴卡爾登説，對於那個婚姻，他已改變了方針。

這天，卡爾登又來到醫生的家裏。近來，當酒也不能讓他得到暫時的快樂時，他就會在這兒附近的街道上徘徊，也常來醫生家裏。

露西小姐正在獨自做自己的事，説了幾句問候話後，她發現卡爾登臉色和平時不同。

「你身體不舒服嗎？」她關切地問。

「不，小姐。我過的這種遊蕩的生活，是不會對身體有益的。」

「你為什麼不想辦法，改變一下呢？」她説。

「已經來不及了。」卡爾登從來沒有這樣悲傷

過，他眼裏含着淚水，「我將墮落得更深，變得更壞。」他用手掩住了自己的眼睛。

露西從來沒看見他像今天這樣難過，心裏也覺得不好受。

面對着露西同情的注視，他説：「你願意聽我説嗎？」

「如果這能使你感到愉快，我將非常樂意聽。」露西説。

「我要讓你知道，你是我心靈中最後一個美夢。看到了你，看到了你的家庭，我就想重新振作起來，繼續我的奮鬥。可是，這只能是一場夢……」

露西同情的淚水流了下來：「先生，我有什麼可以為你效勞的呢？」

「我使你難過了，小姐。」卡爾登用近乎哀求的神情説：「我的這一番知己話，請你永遠不要告訴別人，甚至連最親近的人也不説，好嗎？」

露西知道，「最親近的人」指的是達爾南，她不由得滿臉通紅地「嗯」了一聲説：「這秘密是你的，不是我的，我答應。」

　　「謝謝你！」卡爾登握住她的手，拿到嘴邊吻了一下，「小姐，為了你和你所愛的人，我什麼事都願做，甚至犧牲一切也不在乎！」

　　「再見了！」他說，「最後一次願上帝保祐你！」然後，大踏步地出了門。

七、酒館秘聞

　　在德法奇酒館裏，這幾天許多人都擠進來探聽各種各樣的消息。一張張菜色的臉上，暗暗地表現出一種反抗的神色。

　　這天中午，兩個渾身塵土的人，穿過聖安東尼的街道，走進了酒館。一個是酒館老板德法奇，一個是修路工人。據説這個工人來自侯爵別墅所在的那個村莊。

　　德法奇把他帶到一個骯髒小院的閣樓上，這裏曾是一個白髮老人彎腰做鞋的地方。德法奇細心地把門關上，然後將修路工人介紹給坐在那兒的三個人：「我們都是雅各。現在讓他談談一些情況。説吧！」

　　修路工人説，大漢的孩子被侯爵的馬車輾死後，憤怒地在當天夜裏潛入別墅，殺死了侯爵。可是後來大漢被抓住了，關在懸崖上的監獄裏。最後被判了死刑。

修路工人説，他親眼看到，大漢被殘酷地送上了四十呎高的絞刑架。

德法奇説：「要記住這一切！」

他們五個雅各一齊咬牙切齒地説：「記住那別墅和全族的人！通通把他們消滅！」

知識泉

絞刑：以繩索把囚犯勒死或吊死。根據當時西歐一般刑律，砍頭只在貴族罪犯中實施，是一種殊榮。平民犯法處死，多判絞刑。

這是一個極悶熱的夜晚。德法奇回到酒館後突然想起，白天時一個警察雅各告訴他，有一個**奸細**①潛入了他們聖安東尼區。這是個名叫約翰·巴沙特的英國人，四十歲左右，臉色黑，神情陰險。

「怎麼對付他？」德法奇不禁自言自語地説到：「鬥爭是艱巨的，也是長期的。」

「是呀！復仇往往需要很長時間。」他的妻子德法奇太太説，她正在一旁織毛線。

德法奇扭頭看着她。對自己的妻子，他是很欽佩

---

①**奸細**：為敵人刺探情報的人。

的。

「我告訴你，」她又説，「一旦時機成熟，火山就會爆發，把阻礙它的一切都燒成灰燼！你看看周圍吧！」她情緒激動地停下織活，而做着手勢，「看看人民過的是什麼生活！想想他們時刻增長的憤怒和不滿的情緒！這樣的情形，會持久嗎？為了砍下那些貴族和**暴君**①的頭顱⋯⋯」

德法奇大聲地接過去説：「我決不會中止自己的努力！」

「但是，你必須學會忍耐。知道嗎？」德法奇太太説，「這正是你的弱點。」

德法奇無聲地默認了。

第二天中午，德法奇太太又照樣坐在酒館櫃台邊，織她的毛線。只是她的身邊放着一朵玫瑰花。當門口進來一個陌生人時，她緩緩地放下手中的織物，把玫瑰花插到頭巾上。

---

① **暴君**：暴虐的國君。這裏是指路易十六（公元 1774 年 -1793 年在位）。

　　店裏原來的顧客一見她頭上的花，便停止了議論，並且一個個溜了出去。

　　陌生人向德法奇太太要酒，和她正好打了個照面。

　　「四十多歲，臉色黑，神情陰險，英國口音。」德法奇太太心中有數了，「可惡的奸細！」

　　陌生人看看酒館，問她道：「生意不大好吧？」

　　德法奇太太瞄他一眼，「是呀，不好。人們窮得很。」

　　「可憐的人們！如此受着壓迫，像你所説的。」陌生人這樣説。

　　「不，這是你説的。」德法奇太太認真地校正他的話。

　　正説着，德法奇走進酒館來。陌生人一見他，立即打招呼説：「日安，雅各！」

　　「你弄錯了。」酒館老板盯着他説：「那不是我的名字，我叫德法奇。」

　　「啊，先生這個名字使我想起一件趣事。」

　　「真的？」德法奇漠不關心地説。

「真的。曼奈德醫生被釋放後，由你這個他以前的僕人照顧。」

「當然，這是事實。」德法奇先生說。他突然被身邊織毛線的太太，像不經意地撞了一下胳臂。他明白她的意思：這就是那個奸細——約翰‧巴沙特。

「他女兒，還有一位穿褐色衣服的先生，對了，他叫勞雷，英國台爾森銀行的，從你手裏接了他去。」

「這是事實。」德法奇又說。

「回憶起來真有趣！」奸細說，「我在英國結識了曼奈德醫生父女。你們現在不大聽到他們的消息了吧？」

「我們沒有通信。」德法奇太太說。

「是嗎？太太，那位曼奈德小姐就要結婚了！」

「她夠漂亮的，早就該結婚了。」太太說。

「她嫁的不是英國人，令人莫名其妙的是，她要嫁的那個人，就是侯爵老爺的侄子，他在那兒叫達爾南。當然，他在那兒不是侯爵。」

德法奇太太看似毫無反應，仍舊織着她的毛線。

而德法奇先生則顯然受了震動。他心煩意亂，以致
擦了幾次火柴才把**煙斗**①點着。奸細把一切都看在眼
裏，但什麼話都不説，只是很禮貌地付了酒錢，告辭
了。

　　「如果那是真的——」德法奇對太太説。他指的
是曼奈德小姐要嫁給達爾南的事。

　　「我希望，為了她，別讓她的丈夫回法國。」德
法奇太太鎮定自若地説，「她丈夫的命運，會把他送
到他該去的地方。」

---

①**煙斗**：一種凹斗彎柄的吸煙用具，把煙絲填進凹斗裏點燃吸用。

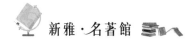

～ 八、婚禮前後 ～

　　這是一個他們畢生難忘的夜晚。露西明天就要結婚了。她把最後一個夜晚留給父親，兩人依傍着坐在院子裏那棵梧桐樹下。

　　「如果我從來就沒見到達爾南，父親，我就會一輩子和你生活在一起了。」露西說。

　　父親笑了，因為她已不知不覺地承認，她在見到達爾南後，如果沒有他，就不會有幸福了。於是，慈愛的父親說：「孩子，別那樣想。」他指着天上的月兒說：「我留在監獄的窗口望着它，不下萬遍地想着我那未出世的孩子。我常常想，我的孩子能是一個為父親復仇的男孩子嗎？還是一個將長成婦人的女孩？」

　　露西感動地吻着父親的臉和手。

　　「我一直自己想像着，女兒完全忘記了我，或者說她完全不知道我的一切。我大概已從活人的心目中

消亡了。」

「父親，聽了你的話我很難過，我這個女兒一點也不知道你的事情。」

「不，露西，正是你給我帶來安慰和復活，我感謝上帝賜給我這樣大的幸福！我很快樂，為你祝福！」

他擁抱了她，然後一起進了屋子。

他們只邀請勞雷先生來參加婚禮。

結婚那天陽光燦爛。醫生卻緊閉房門，和達爾南在裏面談話。

「親愛的露西，」勞雷先生說，「當年，我把還是個小嬰兒的你抱到海峽這邊來，就是想看到有今天呀！你把你那善良的父親託付給我和普羅斯女士，我們一定會照顧好他。你就放心地去度蜜月吧！」

房門開了。醫生和達爾南一起走了出來，他的臉色煞白——

知識泉

海峽：兩塊陸地之間，連接兩個海或洋的水道。這裏指英吉利海峽，它位於英國與法國之間，連接大西洋與北海。

蜜月：西方人稱新婚後第一個月為「蜜月」。在這一個月內夫婦一同出外旅行，叫「度蜜月」。

剛才兩人進去的時候，他可不是這樣的。勞雷先生明察秋毫的眼睛發現，醫生以前那種躲避和懼怕的情緒，像一陣猛烈的寒風般從他身上颳了過去。

醫生把手臂伸給女兒，帶着她下了樓，坐上了勞雷先生特地僱來的一輛輕便馬車，其餘人坐了另一輛大馬車，一起向附近的教堂馳去。在那裏，查禮·達爾南與露西·曼奈德結成了夫婦。

婚禮之後，他們一塊回家吃早餐，事事都進行得很順利。到了分別的時候，父親寬慰地拍拍女兒，從她的懷裏抽出身來，終於說：「帶她去吧，查禮！她是你的了！」

載着新婚夫婦的馬車漸漸走遠了。

醫生和勞雷先生還有普羅斯女士一同回到了他們的院子裏。

勞雷突然發現醫生變得很反常。他的臉上又顯出過去那種茫然無知的表情，一走到樓上，他突然神志恍惚地抱着腦袋，麻木地進入自己的房間。

勞雷先生對普羅斯說：「我看，這會兒最好別和他說話，或者說一點兒也別打擾他。我得去照料一下

台爾森銀行裏的事。我很快就會回來的。然後我們帶他去鄉下走走，在那邊吃飯，然後一切都會好了。」

兩個小時後他回來了。在他向醫生房間走去的時候，聽到了一陣低微的敲擊聲。

「天啊！」他大吃一驚，「這可怎麼辦？」

普羅斯慌慌張張地跑過來，在他耳邊説：「完了！一切都完了！他不再認得我了，他正在做鞋呢，怎麼跟小姐交待啊！」

勞雷先生安慰了她幾句，然後獨自走進了醫生的房間。那條板凳已轉過去朝着陽光，醫生正在埋頭做鞋，就像他在德法奇的閣樓上那樣。他把上衣和背心都脱了，臉上一副憔悴的麻木樣子。他不回答勞雷先生的問話，完全陷入了迷惘與癡呆的狀態之中。

勞雷先生立即想到，不能讓露西小姐和所有認識醫生的人知道這件事。他還生平第一次向台爾森銀行請了假，小心地守護着醫生。他希望這樣做能使醫生快些清醒過來。

第一天，勞雷和普羅斯給醫生吃什麼，他就吃什麼，給他喝什麼就喝什麼，他不停地幹活，到天黑看

不見東西時，他才把工具放到一邊。

勞雷和普羅斯見了，不由一陣驚喜。

可是第二天一早起來，他又坐到了做鞋的小矮凳上，開始他的「工作」。沒有什麼問話能中斷他，沒有人能夠使他改變。

時間過得非常緩慢，勞雷先生的心情也一天天沉重。眼看着一個星期過去了，然後是第八天、第九天……

勞雷先生因為焦急不安的守護，已經累得筋疲力盡，半夜在客廳的沙發上睡着了。第十天的早晨，當陽光燦爛地照進房間時，他驚醒過來，不禁驚呆了：曼奈德醫生正坐在窗口安靜地看書，鞋匠的凳子和工具又擱在一邊了。他復原了？

勞雷先生悄悄和普羅斯女士商量，在吃早餐的時候，要好像什麼反常的事都沒有發生過似的和他相見。他倆盡量把一切做得從容些，勞雷還用了足夠的時間梳洗，所以早飯時他又像平常一樣穿着雪白的襯衫，上下整理得乾乾淨淨出現。他們照往常的方式把醫生請來，然後共進早餐。

　　醫生起初還以為，他的女兒是昨天舉行婚禮的。於是，早餐之後，勞雷先生很誠懇、很小心地和他進行了一場談話。

　　勞雷先生裝作偶然地說出，今天是幾月幾日，使醫生意識到時間的流逝。他明顯地看出，醫生感到不大自在了。於是勞雷先生向醫生探詢了這次病症復發的原因，並且告訴他，他們沒有讓露西小姐知道這次復發，而且想永遠也不讓她知道。「這事只有我自己知道，還有另外一個可以信賴的人知道。」勞雷先生說。醫生明白，這「可以信賴」的人，指的是對他們家無比忠誠的普羅斯女士。

　　醫生抓住勞雷的手，喃喃地說：「難為你了，想得這麼周到！」

　　勞雷也握住了醫生的手，他們深情地默默坐着，好一會沒說話。

　　為了幫助醫生避免再度病發，勞雷誠懇地建議，毀掉醫生老是放在身邊的那套做鞋工具和那張矮凳。醫生想了很久，能夠看出他內心進行了一場艱難的鬥爭，最後終於同意了。不過，他要求在他離開家以後

才進行。

　　他們苦心安排醫生去郊外遊玩了一天。醫生恢復得很好了。到了第十四天，醫生去和露西及她的丈夫會合。由於勞雷先生作了一些解釋，露西一點也沒察覺到父親曾病症復發。

　　醫生離家的那天晚上，勞雷先生由普羅斯小姐領路，帶着斧頭、鋸子等工具去到他的房間。他們緊閉屋門，將鞋匠的工具和矮凳子劈成碎片。普羅斯一直在旁邊舉着蠟燭，臉上露出緊張的樣子，彷彿她是個殺人幫凶。他們把碎木塊投進了廚房的爐子裏，而那些未完成的鞋子、做鞋的皮革及工具，則埋到院子裏。

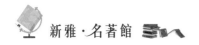

九、深情厚誼

　　新婚夫婦回到家裏時，第一個前來賀喜的，就是卡爾登。他的衣着、外貌都沒有什麼改變，他的臉上卻帶着一種真摯的神情，這是達爾南以前從沒見到過的。

　　卡爾登找了一個機會把達爾南拉到一邊，趁別人聽不到的時候説：「達爾南先生，我希望我們會做朋友。」

　　「我想，我們早已是朋友了。」

　　「這是你的一句客套話。達爾南先生，我不是客套的那種意思。」

　　「卡爾登先生，」達爾南很友好地説，「我不是客套。那天在法庭上你給予我巨大的幫助，我是永遠也不會忘記的。」

　　「不，那不過是職業上令人喝采的詭計罷了。反正你知道，我不過是一個愛遊蕩的人，從來沒幹過什

麼好事，將來也不會幹。」

「不，不能這樣説。」

「好吧，如果你能容得下我這樣的人，一個默默無聞的人，我就要求你，允許我與你們來往。充其量我每年大約來四次吧，即使是這樣，我也很滿足了。」

達爾南毫不猶豫地點頭答應。兩人為此握手道賀，卡爾登也就走開了。

在不久以後的一個晚上，達爾南和勞雷先生、曼奈德醫生以及普羅斯女士在閒談，説到了這次和卡爾登的談話。他認為卡爾登是個對什麼都滿不在乎的人。達爾南在説這話的時候，語調裏沒有任何的惡意。

然而他所説的話，卻引起妻子露西小姐的不同看法。待他回到自己的房間裏時，露西把雙手放在他胸前，用專注的表情盯住他，説：

「我親愛的查禮，我覺得，可憐的卡爾登先生該受到的關懷和尊重，應該比你今晚表示的要更多！」

「真的？親愛的，為什麼呢？」

「不要問我這個，最親愛的，我想要求你，永遠要寬厚大度的待他，而且，原諒他的缺點。我請求你相信，他很少很少説心內話，而且那顆心上有深刻的創傷。親愛的，我看見它在流血。」

「這使我想來很難過。」達爾南吃驚地説，「我竟會那樣説他，以前從來沒想到，他是這樣的人！」

「我怕他是無可救藥的了。可是，我肯定他能夠做出有益的事，善良的事，甚至高尚的事呢！」

她用純潔的誠心對待這個失意潦倒的人，在説這些話的時候，她的真情，使她更顯得美麗動人。她把頭枕在丈夫的胸上，抬起眼睛注視着他説：「別忘了，我們在幸福中，可他卻孤苦悲涼，是那樣軟弱無力！」

她的話，深深地打動了達爾南。

如果正在街頭失意遊蕩的卡爾登，聽到她這番向丈夫傾吐的肺腑之言，看到熱愛她的達爾南，為這番話而流出憐憫的眼淚，他一定會向着夜空呼喊：

「她這樣善良美好，願上帝保祐她！」

卡爾登的生活確實是潦倒的。而史特萊卻很富

足。因為他後來娶了一個**寡婦**①。她給他帶來一筆財產，還有三個前夫留下的男孩。有一天史特萊先生把這三位小少爺，像趕綿羊似的，趕到露西丈夫的門下，極傲慢地對達爾南説：「喂，這裏有三塊為你的婚禮野餐準備的奶油麵包，收下吧！」

達爾南卻拒絕收下這樣的三位學生。史特萊不禁十份憤恨。以後，他常用這件事教訓三位小少爺，教育他們提防那些像乞丐般要飯吃後，還挑三揀四的家庭教師。史特萊在喝足了陳年老酒後，常會對自己的太太大吹牛皮，説露西以前曾怎樣施展手段拉攏他，而自己又怎樣手段高明地回絕了。因為這種謊言説得太多，以致後來他自己也當成是真的了。

---

①**寡婦**：丈夫死去的婦人。

十、進攻巴士底

在幸福的日子中,露西生下了一個女兒。醫生的家裏響起了孩子和大人的歡笑聲。

1789年7月中旬的一個夜晚,悶熱之中,又下起了雷雨。露西的女兒已經六歲了。在她剛睡着時,勞雷先生從台爾森銀行來到他們家。

他帶來令人不安的消息。

「巴黎人心惶惶,那邊的主顧急不及待地把財產託付給我們。他們當中有些人像發瘋似的,急着把財產轉到英國來。」

「那兒局勢很不好。」達爾南說。

「是不好。」勞雷先生說。「我們台爾森的一些人都慢慢老

了，忙了一整天，可累壞了！」

可是勞雷先生的眼睛卻在四處張望，「曼奈德醫生呢？」

「在這兒呢！」醫生從他的房間裏走出來，「要是你喜歡，我可以陪你下棋。」

「不！我知道大家都平安無事就好！」勞雷先生又招呼露西説，「坐到這邊來吧，讓我們安安靜靜地坐着，聽聽回音。今晚的回音非常多，而且響亮，你聽聽看！」

就在他們用閒談來壓抑對局勢動盪的不安時，遠離他們的巴黎聖安東尼區，可怕的騷動正在四處蔓延，就像洪水猛獸。

那天早晨，聖安東尼區湧出一大堆衣衫破爛的人，像潮水一樣湧過這邊又湧到那邊。那些人還用赤裸的胳膊在空中晃動，搶着不知從哪兒弄到的鐵條、木棍、長矛和火槍。什麼東西都抓不到的人，就用血淋淋的指頭，從牆上挖出磚頭來。

德法奇的酒館是這次暴動的核心。

德法奇先生已渾身上下都是火藥和汗水。他頒發

命令，分發武器，指揮着幾位「雅各」去帶領暴動的人羣。

「我太太在哪兒？」他突然高高叫。

「我在這裏！」德法奇太太在一邊，鎮定自若地答道。她今天沒有織毛線，那堅實有力的右手緊握住一把斧頭，而在她的腰帶上，則插着一把手槍和一把利刃。

德法奇轉身對人羣吼叫：「愛國者和朋友們，
我們準備好了！進攻巴士底監獄！」

四周響起了一陣怒吼，幾乎要淹沒整個**法蘭西**[①]！憤怒的人羣匯成一個血肉的海洋，如巨浪湧向巴士底。

進攻開始了。

知識泉

戰壕：戰場上所挖掘的溝，讓軍隊用來通行和躲避槍彈。亦可稱為濠溝。

吊橋：古時城堡會在外圍挖掘護城河，並設置吊橋供人進出。遇到進攻時便收起吊橋，免讓敵人進入。

深深的戰壕，雙重的吊橋，高厚的石頭牆，八座大塔樓，全淹沒在一片烈火和濃煙中。

德法奇衝到一門大炮前充當炮手，他像一個勇猛的士兵般，一直激戰了兩個小時，那門大炮早就發燙了。

「跟我來，婦女們！」德法奇太太喊道，「攻下這個地方，我們就能像男人一樣殺人了！」

槍炮聲、瘋狂的叫罵聲響了四個小時後，一面白旗在巴士底監獄升了起來，他們投降了！

進攻的人流，如排山倒海的巨浪，一下子湧了

[①]**法蘭西**：即法國。

進去。到處是震耳欲聾的叫喊聲。德法奇在人流中被「沖」到監獄的院子裏。德法奇太太揮着刀，領着一羣婦女衝了進來。他們把那些獄吏「沖」出來，逼他們立即釋放所有的囚犯。

德法奇抓住一個頭髮花白的獄吏，説：「帶我去北樓！説！北樓一百零五號是什麼意思？」

獄吏戰戰兢兢地説：「那是一間囚室。」

「帶我去！」

「請……往這邊走。」

獄吏點亮了一支**火炬**[①]，帶着德法奇，還有跟着德法奇的兩個「雅各」小心翼翼地向前走去。

他們穿過一條條見不到天日的昏暗拱廊，經過一道道連接着黑暗洞窟的小門，走下岩石一般的石階，最後頭髮花白的獄吏停在一個低矮的門口，挑出一把鑰匙插進鎖裏，在他們耳邊低沉地説：「北樓一百零五號。」

他們三人走了進去。

---

①**火炬**：在長棒頂端捆上布條，沾上燃油點火，作照明之用。

牆壁高處有一個粗柵欄，是個沒玻璃的小窗，前面還立着一塊擋窗的石頭屏風，只有低低彎下身子抬頭仰望，才能看到天空。

離窗口不到幾尺的地方，有一個小煙囪，旁邊的壁爐裏，有一堆像羽毛似的陳年灰塵。德法奇讓獄吏舉着火炬，細心地察看牆壁，發現了「A. M.」，還有「一個可憐的醫生」等字樣，他撫摸着這些字母，對一個雅各耳語般說：「就是他！亞歷山大・曼奈德！他在這塊石壁上刻下了一個日曆。」

他轉身從雅各手裏接過一根鐵棍，狠狠地打碎了已經蟲蛀的凳子和桌子，接着又爬上壁爐，用鐵棍敲打煙囪的一邊，一些灰泥和牆土開始掉下來，於是他伸手進去，小心地摸索。手指頭觸着了一卷東西，他悄悄地掏了出來，把它揣進懷裏。

他們把其他破碎的東西攏到房子中間，叫獄吏用火炬點燃了它們。然後轉身從原路走回院子。

人們正在尋找德法奇。他們抓住了巴士底監獄的總管，要他把這位長官看守起來，並押送到審判**人民公敵**①的地方去。

　　這位老官僚已幾乎被怒海般的羣眾吞沒。尤其是他穿着灰上衣、佩着紅勛章，更分外顯眼。德法奇押送他走過街道時，從憤怒的人羣中伸出的拳頭和棍棒，突然把他擊倒在地。一直在離他不遠處的德法奇太太，衝過來一隻腳踩到他的脖子上，用她握在手裏的利刃，一下子把他的頭砍了下來！

　　憤怒的人海，又去尋找新的目標：他們殺死了七個獄吏，把那些屍首一個個吊在街燈柱上；又抬出七個剛剛獲釋的囚犯，把他們高高舉在頭上，來慶賀勝利……

　　這憤怒的瘋狂的人海，淹沒了專制和鐵腕的統治。處處是復仇的叫聲，歷盡風霜的面孔堅如鐵石，每個人的臉上都看不到一絲的憐憫。

---

①**人民公敵**：這裏是指法國的貴族及政府官員。

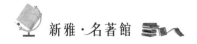

十一、革命風雲

面黃肌瘦的聖安東尼區人，過了一個星期的快樂日子。

德法奇太太又照常坐在酒館的櫃台前，招呼那些顧客了。只是臉上仍有婦女領袖的神情。她的丈夫德法奇先生，突然氣喘吁吁地從外面走了進來。他一把摘下頭上的紅帽子，說：「大家聽着！」

立即，他背後門外的人都圍成一圈，急瞪着眼，酒館裏所有的人，都騰地一下子站了起來。

> **知識泉**
>
> 紅帽子：當時法國的革命者都會戴上紅色的無邊軟帽，他們視這種帽子為自由、反抗權貴的象徵。

「告訴大家一個從陰間來的消息！你們都記得財政大臣富龍吧？他跟挨餓的人說，他們可以去吃草。後來他死了，下地獄了。」

「我們記得！」大家同聲喊道。

「可是他還活在人間！」

「不是死了嗎？」有人叫道。

「他是裝死！他怕我們，讓人舉辦了一次假喪事！現在他被發現了，藏在鄉下，被抓住了，正往市政廳去。」德法奇說，「愛國志士們，我們跟他算帳去！」

知識泉

市政廳：管理一個城市行政事務的機構。法國革命時，市政廳是審判人民公敵的地方。

一時間，德法奇太太的利刃又掛到腰間。男人和女人們都抄起他們手頭的武器，一邊呼喊，一邊潮水般湧到街上。

「老富龍被抓住了，叫我們吃草的富龍，該死的富龍！」

「找富龍報仇！把富龍的血給我們！把富龍的心給我們！」

他們狂叫着，向市政廳湧去。

人羣把市政廳附近的空地都佔滿了。

「看啊！」德法奇太太用刀尖指着喊，「看這個老壞蛋被綁着，背上捆着一束草，哈哈，幹得好！現在叫他吃草吧！」她挾起刀鼓起掌來。她身邊的人立即把這句話傳了開去，於是掌聲便一圈圈向外蔓延。

有幾個高大的男人爬過窗子跳進去，抓住了富龍。德法奇立即跳過去，捏住這個狼狽不堪的傢伙，外面的人羣霎時喊聲四起，震動全城：「把他拖出來！把他吊到街燈上！」

老富龍倒下去又被拖起來，給人又拉又打，千百隻手拿起一把把青草和麥桿戳在他臉上，弄得臉青鼻腫，鮮血淋淋。

憤怒的人羣最後把他吊在路燈柱上。頭顱被砍了下來，插在一個槍尖上。他的嘴裏被塞滿了草，讓聖安東尼的人看見就高興。

在這一天的晚上，已被殺死的侯爵的別墅裏，一場災禍正在悄悄地走近。

雖然留守在這個別墅裏的管家阿培爾，已聽從他年輕的主人——查禮・達爾南的吩咐，大大減輕了對村民的租稅，但一連串的風暴，依然讓他日日提心吊膽。

知識泉

租稅：十八世紀的法國農民，分為幾類，有自耕農、交租的佃農和農奴等。交租佃農為貴族耕種，只收取一半或三分之一的收成維持生活，他們和自耕農一樣，需要向地主繳納年租，並需向國王繳納稅款。

一陣狂風吹過，別墅後面閃起一道亮光，突然，好幾處門窗都同時冒出了火燄！

「失火了！」

「失火了！救火呀！」阿培爾跑出來呼救。

村民們卻在大門口不遠處交叉雙臂，觀望着大火一口口吞噬別墅。

「那火燄肯定有四丈高！」有人冷淡地說。

村裏響起了鐘聲。村民們在鐘聲中成羣結隊地來到這兒，把着火的房子團團圍住。

當別墅終於化為一堆廢墟時，忠實的老僕人阿培爾被村民捉住了。

據說，他將被押送到巴黎，關進阿貝伊監獄去。

知識泉

阿貝伊監獄：當時僅次於巴士底監獄的巴黎三大監獄之一。其餘兩座是拉福斯監獄和臨時監獄。

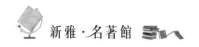

十二、見義勇為

騷亂不安的三年過去了。轉眼已是1792年的8月。法蘭西仍處在驚濤駭浪中。貴族們紛紛向外國逃亡。倫敦的台爾森銀行成了法國逃亡貴族聚會的場所。

一個濃霧瀰漫的下午，達爾南正在勞雷的辦公室裏和他談話。勞雷説，巴黎分行的賬本和文件都處於危險中，隨時都會被搜去或燒燬。為不讓顧客受損失，他要親自前往巴黎，處理有關的事務。

達爾南十分佩服他的勇氣和毅力。因為畢竟勞雷已不年青了，還要這樣長途跋涉，冒着動亂的危險！

勞雷主意已定，並説即在當晚動身。

這時，台爾森銀行的行長拿着一封信，急急地走

了過來，問勞雷有沒有發現收信人的線索。在旁邊的達爾南也看到了信封上的字樣：

急件　英國倫敦台爾森銀行　轉交　原法國聖‧埃佛雷蒙特侯爵老爺　親收

　　達爾南的心猛然間跳動加速：這不是我自己嗎？

　　他和露西結婚那天，曾和醫生在房間裏說過自己的名字，醫生請求他千萬不能把這個真姓氏告訴任何人。因此，即使是露西和勞雷，也至今不知他的真實姓名。

　　銀行已到了下班的時間，剛才還聚在一起閒聊的一些法國逃亡貴族，三三兩兩經過勞雷的辦公桌，向門口走去時，都不經意地看了看那個信封，然後議論說：

　　「這就是那個被暗殺的侯爵的侄兒！他不是自動放棄了繼承權嗎？」

　　「他是個大傻瓜。還把他叔叔的遺產送給村民，哼哼，他不看看老百姓怎樣報答他！」

「幸好我不認識他！」

「喔！」史特萊律師也在這羣人中裝腔作勢地叫道，「他是這樣傻的嗎？讓我來看看他的名字吧！」

達爾南再也忍不住了，他一拍史特萊的肩膀，説：「我認識這個人。」

史特萊朝他翻了翻眼珠説：「是嗎？我真替你難過。他把財產拋棄給那些殺人的賤種，而你這個教導青年的為人師表者，卻認識這樣的人！」

為了不暴露自己，達爾南只好默默地忍着，看史特萊得意洋洋地離去。

辦公桌旁最後只剩下勞雷和達爾南時，勞雷先生説：「你可以代為轉交這封信嗎？」

達爾南説：「可以。」

他還決定，今晚八時來送勞雷先生的車。

離開銀行後，他走到一處僻靜的街道，急忙拆開了那封信。才讀了幾行，他便大吃一驚！

信是阿培爾寫來的，信封上已註明，是1792年6月21日，寄自巴黎的阿貝伊監獄。

信上這樣寫道：

原侯爵大人：

　　長期以來，我的生命操縱在村民手中，後來終於被捕，受盡凌辱。我的房舍也被夷為平地了。

　　他們告知，我之所以被捕，而且將在被審判後喪失生命（如果沒有你來解救我的話），是因為我曾為一逃亡貴族而反對人民，犯有背叛人民的罪。我盡力說明，我曾按你的命令，免除他們拖欠的稅款，從未收過任何租金，也沒有依法起訴。可是一切都毫無用處。

　　慈悲仁厚的原侯爵大人，你在何處？我詢問上帝，他會不會來搭救我？我將這淒涼的呼聲送過海峽，希望借助在巴黎人所共知的台爾森銀行，傳到你的耳中！

　　為了愛上帝，講正義，以及對你高貴姓氏的榮譽的熱愛，我懇求你，原侯爵大人，予我救助，令我得釋。我的罪過就在於對你真誠相待，始終如一。我請求你也對我真誠相待！

　　　　　　　　　　　　　　　遭難人　阿培爾

　　讀了這封信，達爾南心中的不安，被強烈地攪動了。

　　一個老僕人，遭罪的原因是對他和他的家族忠心耿耿。雖然達爾南沒有壓迫過人，而且曾用書面通知，請阿培爾先生愛惜平民，甚至把那兒所能給的一點點東西都給他們，而阿培爾也按照指示做了。達爾南把信放進衣袋，走出那條偏僻的街道時，一種強烈的正義感鼓勵着他，還有勞雷剛才勇敢的決定也激勵了他，他下了一個不顧死活的決心，要去救出那個忠心的老僕人阿培爾。

　　達爾南邊想邊在路上踱來踱去，一直到該回銀行送勞雷的時候。

　　「我已經把那封信送去了。」他對勞雷先生說，「你可以為收信人捎①個口信嗎？是給寫信的一個囚犯的，他在阿貝伊監獄裏。」

　　「可以。」勞雷認真地打開了記事本。

　　「就説，他已收到了那封信，快會來了。」

---

①捎：順便給別人帶東西。

勞雷問：「他有説到動身的時間嗎？」

「明天晚上。」

「要説是誰嗎？」

「不用。」達爾南的神色很莊重。

他們互道珍重。「問候露西小姐和小露西。」勞雷先生在分手時對達爾南説。「好好照顧她們，等我回來。」

達爾南含糊地應着，看着馬車轆轆而去。

那天是8月14日。夜裏，達爾南久久沒睡，他寫了兩封感情熾熱的信。

一封給露西，説明他去巴黎義不容辭的原因，並説他有信心，在那邊不會遇到危險等；另一封信給曼奈德醫生，委托他照顧露西和他們可愛的女兒。在兩封信中，他都寫到：一到達巴黎，就立即給他們寫信，告知他的安全情況。

第二天傍晚，達爾南擁抱了妻子與愛女，假裝有個約會要出去一下，悄悄提着早已準備好的箱子，走進陰沉沉的大街，走進那憂鬱的霧氣中，而他的心情比這濃霧還要沉鬱。他已把兩封信交給那個忠實的守

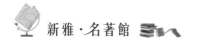

門人，請他在晚上十二點前的半小時，才給他們兩人送去。

　　他僱了一匹馬前往多佛，登上了無法預測的旅程。

十三、陷入囚牢

公民：具有本國國籍，而且依據法律或憲法，享有權利和承擔義務的人。

共和國：一個以總統或主席作為元首，而不是以君主為元首的國家。1792年9月21日，法國革命黨人在巴黎召開國民公會，22日宣布成立法蘭西共和國。

這是1792年的秋天。達爾南從倫敦向巴黎進發的路程，緩慢而艱難。因為每座城鎮和每個村莊，都有一幫愛國公民持槍截住來往的行人，盤查詰問，拘留他們認為對新生的共和國不利的人。

這種到處存在的警戒，使達爾南走一站就要在大路上停二十次，而且還會在一天之內就耽誤他的行程好幾次。一會兒有人從他後面騎馬追過來，把他帶回去；一會兒有人從他前面騎馬迎上來，未到站就讓他停下。他單人匹馬在法國走了幾天，才到了一座小市鎮。這兒離巴黎仍然有很長的路程。在一個旅館裏，達爾南精疲力竭，倒頭便睡。

半夜裏，他被人粗魯地叫醒了。一個地方官，還有三個頭戴粗布紅帽、口銜煙斗的武裝愛國者，坐在他的牀上。

「逃亡者，」地方官説，「我要派人護送你去巴黎。」

「公民，去巴黎是我最希望的，但我不需要護送。」達爾南説。

「住口！」一個紅帽子粗聲吼叫，用他的槍托敲着牀沿，「你聽着，貴族！」

「這位愛國者説得對。」地方官顯出一副膽小怕事的樣子，「你是個貴族，一定得有人護送，還一定得出護送費。」

「那我沒有別的選擇了。」達爾南無可奈何地説。

他被這夥人帶到他們的哨所裏，付了一大筆護送費，隨後就在凌晨三時，和他的兩個護送者一道出發，走上濕漉漉的大路。

兩個佩着火槍和馬刀的護送

者，衣衫非常破爛，他們用**麥秸**[①]裹住赤裸的腿，蓋在肩頭的破衣洞上，以防風避雨。

他們在黃昏時，到達了小城**博韋**[②]。一大羣人氣勢洶洶地圍攏過來，看着達爾南在驛站前下馬，人們七嘴八舌地喊道：「打倒逃亡貴族！」

達爾南立即又坐到馬鞍上：「諸位朋友，你們難道不見，我是自願回法國的嗎？」

「你是個該死的逃亡貴族！」一個鐵匠高叫着，從人羣中朝他擠過來，還舉着手中的錘子。

驛站站長連忙擋住他，「別管他了，他要在巴黎受審判的！」

「哼！把他當叛徒槍斃！」鐵匠説。

「諸位朋友，」達爾南説，「你們弄錯了，要不就是別人讓你們弄錯了，我不是叛徒。」

知識泉

驛站：歐、美十七、十八世紀流行的公共交通工具是驛車（馬車），行走固定的路線，沿途設置驛站，供驛車更換馬匹。

[①]**麥秸**：麥的莖稈。
[②]**博韋**：法國北部城市，十七世紀時曾因生產花毯而十分繁榮。

「他撒謊！」那鐵匠喊道，「從法令通過時起，他就是叛徒！他那條命已經罰給人民了！」

達爾南看到激動的人羣眼裏的火光，他們隨時會衝上來似的。驛站長急忙把他的馬拉進驛站，兩個護送者也緊靠在他的馬的兩側，跟了進來。驛站長匆匆關上了大門。鐵匠的錘子砸在門上沉沉地響了一下，人羣跟着叫喊了幾聲，漸漸就沒什麼動靜了。

「那個鐵匠説的法令，是怎麼回事？」達爾南很禮貌地問驛站長。

「有一道法令要拍賣流亡者的財產。」

「什麼時候通過的？」

「十四號。」

「正是我離開英國那一天！」

「人人都説有幾條法令，這只是其中的一條。還有一些，即使現在還沒通過，以後也會通過的。如要

放逐所有逃亡貴族，處死所有回來的流亡貴族等。」

「可是，還未有這樣的法令呀！」

「我怎麼知道！」驛站長一聳肩膀説，「也許有，也許就要有了，反正都一樣！」

他們在閣樓裏的草堆上休息到半夜，待全鎮人都沉睡夢鄉時又騎馬上路了。天亮時，終於到達巴黎城下。他們催馬上前，發現關卡緊閉，還有重兵把守着。

「這個犯人的證件在哪兒？」一個長官指着達爾南問，他是被一個哨兵叫出來的。

這個稱呼使達爾南吃驚。他請這位長官注意，他是個自由的旅行者和法國公民，他由這兩人護送，是逼於國家的動盪不安的局勢，而且他是花了錢的！

「犯人的證件在哪裏？」這位長官又説了一遍，對他毫不理睬。

一個護送者從紅帽子裏掏出了證件。長官把阿培爾的信看了一遍，顯得有點慌亂和吃驚。他看了看達爾南，然後一言不發地回哨所去了，讓他們三人等了約半個小時後，他重新走出來，把一張收條交給兩個

護送者，讓他們回去，隨後把達爾南帶進了哨所。

　　屋裏到處是煙味和酒味。好些士兵和愛國者在四處站着、躺着。在昏暗的光線中，一位坐在桌旁面容粗俗的官員，問帶達爾南進來的人：

　　「德法奇公民，這個人是逃亡者埃佛雷蒙特嗎？」

　　「就是他。」

　　「你今年幾歲？」官員轉向達爾南問。

　　「三十七。」

　　「結婚了嗎？」

　　「是的。」

　　「在哪兒結的婚？妻子在哪？」

　　「都在英國。」

　　「就這樣。你將被關押在拉福司監獄。」

　　「天啊！」達爾南喊道，「憑什麼法律？憑什麼罪名呀？」

　　「你離開這兒後，我們有了新的法律，新的罪名。」他冷笑着，繼續在紙上寫着。隨後把寫好的東西交給德法奇，說：「秘密監禁！」

德法奇把達爾南帶走了。路上，他問達爾南説：「娶曼奈德醫生的女兒的，是你嗎？」

「是呀！」達爾南驚異地看着他。

「我叫德法奇，開酒館的，你可能聽説過我。」

「我妻子曾到你家去接回她的父親，是吧？」

德法奇突然警覺地問：「你回法國幹什麼？」

「你不是看過那封信了麼？」

「這對你很不利。」

「你能幫我一點忙嗎？」

「我什麼事也不願為你做。」德法奇説，「我的職責是為我的國家和人民服務。」

他已不願再説什麼。他們經過一條骯髒的大街時，一個人正站在街角演説。從他的演説詞裏，達爾南才知道，國王已在獄中，外國大使全都離開了巴黎。他在路上的這些日子，完全與世隔絕，竟不知道一點消息。現在

知識泉

國王：這裏是指法王路易十六（公元1774年-1793年在位）。他性格優柔寡斷，管治國家的能力不足，對政治漠不關心，他喜歡從窗口中射鹿，並以製鎖和燒泥瓦自娛。1793年1月21日，被殺於斷頭台上。

他明白，自己已處在越來越深的危險之中了。

　　他被德法奇帶到了拉福司監獄。陰暗而又污穢的獄中，充滿了令人噁心的臭味。

　　一名獄卒把達爾南帶到一間孤寂的囚房，告訴他除了買吃的東西，其他什麼都不能買，説完，把那扇黑沉沉的門關上就走了。

　　達爾南成了真正的囚徒。他想着剛才走過昏暗的

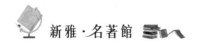
長廊時，兩邊的牢房裏都關閉着那麼多男女囚犯，他們都是些紳士和貴婦人，他們問候他，祝幅他，鼓勵他。然而，現在他們都像鬼魂般被關在門外了。

他是一個人單獨幽禁。

「這是為什麼啊！」達爾南在囚房裏大叫。

～ 十四、磨刀聲中 ～

　　勞雷從倫敦到達巴黎後，就一直住在台爾森銀行分行大廈的廂房裏。這兒原屬一位貴族，他已穿着廚子的服裝逃到國外，於是正屋就被愛國者佔領了。勞雷從窗子可以看到，院子裏兩支火炬在燃燒，那些戴紅帽子的愛國者正在一塊很大的磨刀石上，磨利自己的匕首[①]和砍刀。這讓勞雷先生不禁打了個寒顫。

　　大門粗重地響了一聲。勞雷以為是那些愛國者回來了。可是，一切依然安靜，沒有那種聽慣的鬧嚷聲傳過來。這時候，他的房門突然開了，走進來的兩個人，使勞雷吃驚得跌坐在椅子上——

　　是露西和她的父親！

　　「這是怎麼啦？」勞雷驚慌失措地喊道，「露西！曼奈特！出了什麼事？你們來幹什麼？」

[①]匕首：短刀的一種，用在短距離的擊刺，所以都做得很尖利。

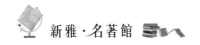

露西伸出兩臂，一下子撲到勞雷懷裏，臉色蒼白地說：「啊，我親愛的朋友！我的丈夫……」

「達爾南？他怎麼啦？」

「他到巴黎來了！已有三、四天了！為了辦一件慷慨俠義的事，他瞞着我們跑到這兒來了！在城門口被扣住，送到監獄去了！」

勞雷情不自禁地發出一聲叫喊。

這時，大門又傳來響聲，雜亂的腳步聲和人聲一下子湧了進來。

「外頭亂哄哄的，是什麼事？」醫生問。

「別看！」勞雷喊，「為了你的安全，曼奈德，你不要開窗！」

醫生卻顯得很沉靜地笑笑，說：「親愛的朋友，我的生命在這個城市裏，有一個特別的護身符，那就是，我曾經是巴士底的囚徒。全法國的愛國者，知道我這一點，碰也不會碰我一下，除非是熱烈地擁抱我，把我抬起來。憑着這個，我才能打聽到達爾南的消息，才能順利地通過關卡來到這裏！憑着這個，我相信我一定能救出達爾南的！我早就這樣告訴露西

了！」

勞雷轉身問露西：「達爾南關在哪兒？」

「拉福司監獄。」

「拉福司！露西，你得讓自己鎮定下來。」勞雷對她說，「請你聽從我的安排，到後面的那間屋子去，讓我和你父親單獨談談。」

「我願意聽從你的安排。」露西說。

勞雷安頓好露西後，走回這間屋子時，醫生正打開窗子，看着院子裏的那羣愛國者。

他們男男女女有四五十人，在磨刀石那邊幹起活來。有兩個男人發瘋似地轉動磨刀石上的一對把手，讓磨刀石飛快地旋轉，磨着他們的斧頭、長劍和短刀。

在這羣人中，找不出一個沒有沾染血污的人。有的男人赤裸着上身，有的男人穿着各式各樣的破爛衣衫，有些男人怪模怪樣地在身上掛着女人用的花邊和彩帶，上面浸透了血污。一些女人捧着酒遞到他們嘴邊，讓他們喝。

「他們，」勞雷在醫生耳邊小聲地說，「正要

屠殺囚犯。如果你相信你真有力量救出達爾南，就得讓他們認識你，把你帶到拉福司去，一點兒也不能耽誤了！」

曼奈德醫生握了握他的手，就匆匆走到院子裏去了。

他站在院子當中。那頭白髮，那引人注目的臉容，立即讓嘈雜的人羣停了下來，聽他説話。不一會兒，勞雷先生從百葉窗的間隙裏看到，愛國者們已手拉手地把曼奈德醫生圍在中間。接着他們高喊：

「巴士底囚徒萬歲！」

「營救巴士底囚犯的親人！給巴士底囚徒讓

路！」

愛國者們和醫生一起湧了出去。

勞雷急忙關好窗子，跑去告訴露西，她父親已去營救她的丈夫了。這時他才發現，她的孩子和普羅斯女士也跟着一同來了。

因為過度的焦慮與不安，露西小姐昏過去了。在那個漫漫長夜裏，沉重的大門曾幾次響起，每次都伴隨大羣人的喧嚷聲，和隨後磨刀石的飛轉聲。昏睡中的露西小姐被響聲驀然驚醒，嚇得喊起來：「那是什麼？」

「噓！」勞雷先生急忙示意她壓低聲音，「他們在那兒磨刀劍呢，這地方現在已成軍械庫了！」

他們在焦慮不安中，度過了這一夜。

天亮了。

忠於職守的勞雷先生首先想到了這件事：他不能把一個流亡者的妻子藏在這裏，而使台爾森銀行受到連累。若只是自己的身家性命，他會毫不遲疑地全部獻給露西和她的孩子；但這銀行卻不是屬於他的，他僅有權履行業務職責。

　　勞雷想起了德法奇，想讓那個酒館老板出主意幫忙，給露西找個安全的住所。但隨後又想到，德法奇所處的聖安東尼區，正是革命的核心地帶，或許，他正是革命的積極分子呢！

　　直到中午，醫生還沒有回來，也沒有任何音訊。勞雷於是和露西商量辦法。

　　露西説，父親也曾經表示，要在銀行附近租一間房子。勞雷想，即使達爾南能獲釋，也不能在這種動亂的情形下離開巴黎，總得找一個落腳的地方。

　　於是，他立即外出，四處打聽，終於在不遠處一個搬空了的偏僻街道上，找到一個合適的房子。

　　他立即把露西和她的孩子，還有普羅斯小姐，都搬進了那個房子裏，並且讓從倫敦跟他到巴黎來的錢雷留在她們身邊，以便照顧她們。

～ 十五、面對黑暗 ～

　　忙亂的一天又過去了。到了銀行關門的時候，勞雷先生精疲力盡地坐在屋子裏，想着下一步該怎麼辦的時候，樓梯上傳來了腳步聲。不多會兒，一個年約四十多歲，長着黑色鬈髮的壯實漢子就站到他面前，並用一種特別的眼光盯着勞雷先生，呼叫他的名字。

　　勞雷問他：「你認識我嗎？」

　　他沒回答，反而用同樣的語調説：「你認識我嗎？」

　　「我像在哪兒見過你。」

　　「也許是在我的酒館裏吧？」

　　勞雷先生突然想起來了，説：「你是從曼奈德醫生那邊來的？」

　　「是，我從曼奈德醫生那兒來。」

　　「他説了些什麼？他給我送什麼來了？」

　　德法奇朝他急急伸出的手裏塞了一張打開的紙

條，上面寫着：

達爾南安然無恙，不過我還不能安全離開這個地方。我得到允許，讓來人帶一張達爾南的字條，面交給他的妻子。

信上註明是一小時前在拉福司寫的。

勞雷先生看完信後，輕鬆愉快地大聲對德法奇說：「你可以和我一起去看他的妻子嗎？」

「好的。」德法奇先生回答。

勞雷幾乎沒有注意到，他說話時的神態和語調，顯得機械又生硬。他戴上帽子，和勞雷先生一起走到院子裏。他們看見有兩個女人站在那兒，其中一個在織着毛線。

「你是德法奇太太吧？沒錯！」勞雷先生說，他想起十七年前見到她的時候，也是這樣。

「是她。」她丈夫德法奇說。

「太太也跟我們去嗎？」勞雷先生看到她也跟着走，於是停住步問德法奇。

「是的。她要認識那幾個面孔，熟悉那幾個人，這是為了她們的安全。」

勞雷先生這時才對德法奇的態度感到吃驚，半信半疑地看了看他，領他們走了。

來到露西的新寓所，錢雷給他們開了門，這時，露西正在獨自落淚。

勞雷先生把她丈夫的消息告訴她後，露西歡喜若狂地抓住了勞雷的手，抓住了他遞過來的字條，急不及待地讀着上面她熟悉的筆跡：

最親愛的，鼓起勇氣來。我很好，而且你父親對我周圍的人很有影響。你不能回信。替我吻我們的孩子。

這張字條只有短短的幾行。但對露西來說，此時卻勝似無價之寶。為了表示她的感激，衝動的露西轉向德法奇太太，吻了一下她織毛線的一隻手。那隻手卻毫無反應，冷冰冰、沉甸甸地垂下去，然後又織起她的毛線。

露西愣住了。她正要把字條往懷裏送，手捂在胸口上停住了，害怕地看着德法奇太太，那位太太則抬起頭瞪眼看着露西的眉毛和前額。

「我親愛的，」勞雷先生急忙解釋説，「街上不斷發生騷亂，德法奇太太是為了保護你們，才來認識你們的。」然而他越説越感覺到他們鐵石般生硬冰冷的神色，不禁有些吞吞吐吐地轉向德法奇，「我説得對嗎？德法奇公民？」

德法奇陰沉沉地看着他太太，並不回答，好一會才咳了一聲以示同意。

勞雷又讓露西把她的孩子和普羅斯女士都叫出來，他竭力想讓雙方的氣氛調和些。他特別介紹普羅斯説：「她是個善良的英國女士，一點法語也不懂。」

普羅斯交叉着雙臂走了出來。這位不為苦難和危險所動的堅強女人，用英語和英國的方式向他們問好，可是他們卻不理睬她。

「這就是他的孩子嗎？」德法奇太太第一次停下手中的編織，用織針指着小露西説。

　　「是的，太太。」勞雷回答説，「這就是那可憐的囚徒的愛女。」

　　德法奇太太咄咄逼人的氣勢，使露西小姐以母親的本能，跪在女兒身旁的地上，把孩子緊緊地摟在懷裏。

「夠了！」德法奇太太説，「我的丈夫，我已看清楚她們了，我們走吧！」

她的話裏含着一種難以言喻的威脅，使露西感到十分驚恐，她伸出手抓着德法奇太太的衣服，哀求她説：「你會善待我那可憐的丈夫，不會傷害他吧？要是能夠的話，你會幫我見到他吧？」

「你丈夫不關我的事。」德法奇太太完全不為所動，她冷冷地説，「你父親的女兒才是我要管的事。」

「那麼看在我的份上，對我丈夫發發慈悲吧！看在我孩子的面上，她要合起雙手來求你了！我們對你比對其他人更害怕。」

德法奇太太把這話當作讚美。她看了看丈夫，又陰沉地笑着對露西説：「你丈夫的信上不是説，什麼很有影響力嗎？」

「他説，我父親，」露西驚恐地回答，「對他周圍的人有影響。」

「那肯定會釋放他的。」

「我以一個妻子和母親的身分請求你，」露西懇

切地喊道，「可憐可憐我，不要運用你擁有的權力去
反對我無辜的丈夫，啊，你也是一個女人啊！」

　　德法奇太太仍舊冷冷地望着露西，然後轉過身去
說：「當我也像這個孩子一樣大的時候，就看到了許
多做妻子和母親的人所遭受的不幸；她們的丈夫和父
親被關在監牢裏，和她們活活被拆散；我們的姐妹和
她們的女兒也受盡了各種各樣的苦難，沒吃、沒喝、
害病、受苦，這些，我們已經忍受了很長時間了。」
德法奇太太看了露西一眼，「現在有一個做妻子和
母親的，只是吃了一點點苦頭，會使我們怎樣難過
嗎？」

　　她又織起她的毛線來，然後走出門去。德法奇和
另一個女人也跟出去，走了。

　　「勇敢些，露西。」勞雷先生把露西扶了起來，
「別怕！我們到現在，一切還算順利。」

　　露西呆呆地望着他們遠去的背影，一陣恐懼掠過
心間。她只覺得，有一片陰影籠罩着自己，以致幾乎
喘不過氣來……

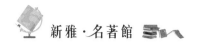

十六、牆角之望

　　醫生直到離開後的第四天早晨，才回到露西的身邊。在這些可怕的日子裏發生的事，他絕不會告訴露西：四天四夜裏那兒竟有一千一百名手無寸鐵的囚犯，給那些磨刀的愛國者殺害了！醫生在要求勞雷絕對保密的條件下，才把自己這幾天以來的經歷説了出來。

　　他讓愛國者們帶到拉福司監獄後，看到了一個他們擅自設立的法庭正在進行審訊。曼奈德醫生通報了自己的姓名和職業，並且説曾經在巴士底監獄未經審判，而被秘密關押了十八年。坐在法庭上的德法奇站起來為他作證。

　　他翻閲了桌子上的名冊，查明他的女婿在活着的犯人之列，就極力要求法庭免他一死，予以釋放。法庭接受了他的要求，要把達爾南帶到這個無法無天的地方來受審。

正當達爾南似乎可以獲得釋放的時候，事情又發生莫名其妙的波折。那些審判員秘密商談了幾句，那個坐在主席位置上的人就通知曼奈德醫生說，這個犯人還得繼續監禁，不過，因為他的緣故，將會把犯人監禁在安全處所，使他不受傷害。於是達爾南又被帶進監獄裏去了。

醫生為了達爾南的安全，堅決要求自己留在獄中，法庭也同意了。

在獄中，他看到了那些獲救犯人的狂喜，也看到了對囚犯的可怖屠殺。醫生第一次感覺到，他受的苦難，現已成了力量和權威。他已經六十二歲的歷盡滄桑的臉上，顯露出一種堅強。他的生命彷彿像鐘錶一樣，停止了轉動那麼多年後，又繼續走動起來，發揮出停擺時**蟄伏**①的所有精力。他相信，自己一定能救出女婿來。

他聰明地運用他個人的影響力，以及醫生的專業，和人們友好地來往。不久便被委任為三個監獄的

---

①**蟄伏**：指動物冬眠，藏起來不吃不動，也用作比喻人或者事物、事件隱藏起來。

巡察醫師——拉福司也在其中。這樣，他就能經常看到達爾南了！

曼奈德醫生深信自己一定能夠救出達爾南。只是，當時的潮流猛烈地沖刷着一切。國王已被處以斬首，囚犯們被排成隊伍而加以槍斃。雖然醫生作出了種種努力，然而達爾南仍在獄中，他已被監禁了一年零三個月了！

這天晚上，醫生回來後對露西説：「親愛的，監獄裏有一個高窗戶，下午三時左右，達爾南能想法

混到那兒去。如果這時你站在我告訴你的一個地方，他或許可以看到你。可是我可憐的孩子，你卻不能看到他。即使你看到了他，為了他的安全，你也不能表示認識他。」

「啊，父親，快告訴我那個地方，我每天都要到那兒去！」

那是小街上一個又暗又髒的拐角，街盡頭是一個把木頭鋸成木柴的工棚，其他地方都是高牆。

從此，每天下午二時露西就站在那兒，一直到四時才離開。天氣好些的時候，她還帶着孩子一起去。

到第三天時，在工棚裏的木匠注意到她了。

「日安，女公民。」他説。

「日安，公民。」露西答道。

這是那時法定打招呼的形式。

這木匠總愛多管閒事。他朝監獄那邊看了一眼，就用十個手指蒙在眼前當作柵欄，從手指縫裏朝外張望。

「不過這不關我的事。」他説着又去鋸他的木柴了。

有時，露西盯着監獄的房頂和鐵欄杆，心裏想着丈夫好一會兒，當她猛然清醒時，會發現木匠正盯着自己，他單腿跪在板凳上，連木頭也忘了鋸。

她的父親曾説，達爾南有時連續兩三天都能看見她，有時則五、六天才能看到一次。儘管這樣，露西依然是每天都站到那個位置上。

　　為了取得那個木匠的好感，她有時甚至送給他一點酒錢，他也不客氣地袋進衣袋裏。

　　直到第二年的十二月，達爾南還是被囚禁在拉福司獄中。一天下午，露西又冒着小雪，來到她往常站着的那個地方。突然聽到一陣騷亂的嘈雜聲傳過來，不一會兒，就看見那羣愛國者湧到監獄大牆旁的拐角，他們男男女女大約有四、五百人，木匠也在其中，這時發瘋般跳起舞來。他們打着拍子，緊抓着彼此的頭，許多人發狂地旋轉，直到跌倒在地上。更多的人則手拉着手，圍成一個大圓圈，一道旋轉起來。他們唱着狂叫的歌，排成了跟街一樣闊的隊伍，垂着頭，舉起手，尖聲怪叫着向前撲去。這樣的舞蹈比瘋狂的戰鬥更讓人害怕。

　　在木匠工棚一角的露西，嚇得膽顫心驚，不知所措。當她聽到喧嘩已經遠去，放下掩在臉上的雙手時，發現她父親已站在面前。

　　「父親啊，多麼可怕的情景！」

　　「我知道，親愛的。別怕，他們不會傷害你。」

　　「我不是為我自己。我丈夫在他們手中……」

「我們很快就讓他擺脫這些人了。我剛才離開的時候，他爬到了那扇窗戶上。來，你可以朝最高的那個傾斜的屋頂吻你的手。」

露西一邊吻手，一邊淚水盈眶，說：「可我仍然看不見他，父親。」

雪地裏傳來了腳步聲，是德法奇太太來了。

「我向你致敬，女公民。」醫生說。

「我向你致敬，公民。」然後她便走了。

「我們走吧！」醫生挽起露西的手，「達爾南明天要受審了。」

「明天！」

「我已作好了準備。但他還沒得到通知，並且很快就要把他挪到附屬監獄去。你不害怕吧？」

> **知識泉**
>
> 附屬監獄：法國革命時期巴黎裁判所的附屬監獄，犯人受審前，從正式監獄帶到這裏候審。

她僅僅能回答一句：「父親，我信賴你。」

「我得去見見勞雷。」他說着，帶她拐向另一條路。

這時，三輛囚車載着待決的囚犯，從他們身邊

隆隆輾過。他們都知道這些囚犯將面臨什麼。父親挽着露西，急急走進了台爾森銀行的駐巴黎辦事處。這時，已近天黑了。他們隱隱看到勞雷在和一個人説着什麼，那個人的**騎裝**①外衣搭在椅子上，像是匆匆從遠道趕來的。勞雷對那人説：「挪到了附屬監獄，傳訊明天受審。」

他們沒看清那人，他就已經消失了。他是誰呢？

---

①**騎裝**：騎馬服式。

十七、一日兩變

　　五名法官、一名檢察官和一個意志堅決的陪審團，組成了一個令人生畏的法庭。這個法庭審判採取口頭表決判案形式，一經判決不得上訴。

　　「查禮‧埃佛雷蒙特，即達爾南！」眼睛浮腫的獄吏終於叫道。

　　達爾南站到指定的位置。剛才，已有十五個人被叫到被告席上，全被判了死刑，而整個審訊只用了一個半小時。

　　達爾南看見了戴着小紅帽和三色帽徽的陪審員們。有一個女人坐在旁聽席上，手裏仍不停地織着毛線。她緊挨着一個男人，還不時和他咬耳朵說什麼。

　　達爾南想起來，這個男人便是領他走進哨所的德法奇先生。

知識泉

上訴：犯人不服法院的判決，依法向上級法院請求重新審理的訴訟，稱為上訴。

三色帽徽：白、藍、紅三色。法國大革命以後，這三種顏色的旗幟成了國旗。

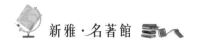

他倆始終沒有看一眼達爾南，而是一直盯着陪審員，像在固執地等待什麼。

在審判長下面，坐着曼奈德醫生，他穿着平常的衣服。

達爾南被檢察官指控為逃亡貴族。按當時的法令，逃亡貴族回國一律處死。

「砍下他的頭！」聽眾大喊，「他是共和國的敵人！」

審判長搖鈴讓大家肅靜。接着問犯人是否真的在英國住了很多年？

當然是的，毫無疑問。

那麼就不是逃亡貴族了？為什麼不是？

他說他早就自願放棄了他所厭惡的爵位和頭銜，離開祖國，靠自己的辛勤勞動在英國生活。而且有證人可以證明。他們是：阿培爾和曼奈德醫生。

審判長提醒他：「你不是在英國娶妻了嗎？」

「是的。」

「是法國的女公民嗎？她的姓名和家世呢？」

「露西・曼奈德，是坐在那兒的曼奈德醫生的獨

生女。」

他的回答在聽眾中引起一種愉快的效應。人們頌揚曼奈德的高聲歡呼響徹法庭。這些人是如此反覆無常：剛才還高叫要砍他的頭，現在又激動得要流淚了。

審判長問他，為什麼現在才回法國？

達爾南說，他是為一個法國公民的書面請求，回來救他一命的。冒着生命危險為事實作證，這也是犯了共和國的法令嗎？

「不──」聽眾們大聲呼叫。直至審判長多次搖鈴，他們才停頓下來。

審判長問請他回來的公民是誰？

就是第一個證人阿培爾。那封信由於醫生的費盡苦心，使它從達爾南在城門口被搜去後，現在終於得以保存在案卷中。信立即被宣讀了，接着阿培爾出庭作證。因達爾南的投案，阿培爾早些時已被判無罪釋放。

再下一個傳訊的是曼奈德醫生。他陳述了自己的意見後，正在法庭上的勞雷先生也為他作證。然後

陪審團成員們宣稱，他們可以表決了。審判長表示同意。

　　陪審員是一個個大聲說出口頭表決的，所有的聲音都支持犯人，於是審判長宣布他自由了。

　　法庭裏出現了一個異乎尋常的場面。聽眾們流着眼淚撲向達爾南，爭着和他擁抱。長期昏暗的監獄生活，使他難以承受這種狂熱的力量衝擊，幾乎要昏倒了。

　　當醫生和達爾南走到大門口時，一羣人湧過來，流着淚叫喊着把達爾南按在一把大椅子上。這個被他們稱為「凱旋車」的椅子上鋪了一面紅旗，椅背上縛着一枝標槍，槍尖戳着頂紅帽子。達爾南被他們抬起來，被無數的紅帽子們擁着，一直抬到醫生寓所的房子裏。

　　醫生已搶先把消息告訴了露西。當達爾南從椅子上爬下來時，她就撲倒在他的懷裏，昏過去了。

　　喧鬧的人羣把他們當中的一個年青女人放到空椅子上，當她是「自由女神」，又抬着舞着湧到大街上去了。

達爾南緊抱着露西，淚滴在她的臉上。

不一會，露西醒了。「哦，讓我跪着對上帝道謝吧！」她跪了下去。

當她又再次撲到他懷抱中的時候，達爾南說：「對你的父親道謝吧，最親愛的。在整個法蘭西，沒有另外一個人，能做出他為我做的這些事。」

她把頭緊貼在父親胸前。醫生撫慰着她：「孩子，不要這樣發抖，我已救他出來了。」

讓歡喜的淚水弄紅了眼睛的普羅斯女士，又要出去採購物品了。這段時期，她一直和錢雷一起承擔起採購伙食的職務。

出門前她問醫生：「是不是有什麼希望，讓我們離開這個地方？」

「恐怕還沒有。這對達爾南還是有危險的。」

普羅斯「哼」了一聲，「那我們就得耐心等待了。噢，走吧，錢雷！」

他們走了。只剩下醫生一家三代，靜靜地坐在爐火前。他們已經很久沒有享受這種家庭的溫暖了。此刻，他們正在這種幸福中等着他們的朋友勞雷先生。

突然，露西驚恐地叫道：「父親，那是什麼？」

「我親愛的，」醫生說，「你太緊張了。」

「不，我聽見有陌生的上樓梯腳步聲！」

話剛說完，房門上有人敲了一下！

「啊，父親，快把達爾南藏起來……」

「孩子，」醫生把手放到她肩膀上，「別怕，我已把他救出來了。啊，讓我去開門吧！」

房門一開，四個配着馬刀、拿着手槍的紅帽子走了進來。

「公民埃佛雷蒙特，又名達爾南在嗎？」一個粗魯的紅帽子說。

「誰找我？」達爾南站了起來。

「我認得你。今天在法庭上見過。埃佛雷蒙特，你又成了共和國的囚犯。」

那四個人立即圍住他。露西和孩子把他摟住。「為什麼？怎麼又成了犯人？」達爾南問。

「你只要立即回附屬監獄去，明天就會知道。你將在明天傳審。」

醫生被驚呆了。他問那四人：「認得我嗎？」

「我們都認得你，醫生公民。」

「能將他的問題答覆我嗎？」

「他被聖安東尼區的人告發了。」

「是誰告他的？」

「這是犯紀律的。」他們其中一人答道，「不過，不只德法奇夫婦告他，還有另一個人也告發了他。」

「是誰呢？」醫生心中充滿了疑惑。

「醫生公民，別問了吧，你將在明天得到答覆。現在開始，我是啞巴了！」

十八、以身相救

　　普羅斯女士在一個酒館裏買東西時，突然和一個人打了個照面。她立即拍着手，驚愕地大聲喊叫起來，以致把四周的人都嚇得跳起來。

　　「哦，所羅門！竟會在這兒見到你！」

　　那被稱作所羅門的，是個十足法國共和黨人裝束的四十歲男人，「你要送掉我的性命嗎？」他壓低聲音，賊頭賊腦地對普羅斯女士說。

　　「啊，我的兄弟！你⋯⋯」

　　「閉上你的嘴巴！有話到外面去說！還有這位，」他指指旁邊的錢雷，「是和你一起的吧？也到外邊來。」

　　三人來到黑暗的街旁一角。

　　「如果你不想害我，趕快走你的路吧！」所羅門說，「我很忙，我現在已做了官。」

　　普羅斯悲痛地流出了眼淚：「你竟在外國當這樣

的官！我寧願看你當年死去……」在英國時這位寶貝兄弟先是花光了她的錢，然後又離開她溜走了。在異國他鄉相逢，還如此無情！

這時錢雷碰了碰他的肩膀，「嗯，你是叫約翰‧所羅門，還是所羅門‧約翰？」

自稱做了官的人心跳了一下，「你要說什麼？」

錢雷說：「不說什麼。我記不起你在法國時姓什麼——在那次審判中，你做假見證時是姓什麼？」

一個聲音突然插進來：「巴沙特！」

「對啦，對啦！正是姓這個！」錢雷喊道。

插話的人是卡爾登。

「別怕，普羅斯女士，」他說，「我是昨晚去到勞雷先生那兒的。為了你的緣故，我很希望巴沙特先生不是一個間諜。」

巴沙特的臉色變得更蒼白了。

「我要告訴你，」卡爾登對他說，「一個多小時前，我看見你走出監獄，驚奇之中我把你跟我一個非

常不幸的朋友的遭遇連在一起，我緊跟着你走進了一家酒舖，並從觀察中推測你的職業。我由此產生了一個目標。這裏不便説，你跟我到台爾森銀行辦事處去談談吧！」

巴沙特猶豫了一下，答應了。他們告別了普羅斯，三人一起到了勞雷那裏。

當勞雷先生知道陌生人就是做假見證的巴沙特時，立即毫不掩飾地以憎惡的眼光看着他。

勞雷先生現在才知道，達爾南又再次被抓走了。而且從巴沙特那裏得到證實：明天將被重新審判。

卡爾登説：「從醫生都不能阻止達爾南被捕的事實來看，明天的審判就很難預料了。我只能用你來作一次賭注。」他拍拍巴沙特的肩頭。

「我不懂你想怎麼賭。」巴沙特冷笑着説。

卡爾登向勞雷先生要了一瓶白蘭地，然後一杯接一杯地喝着，説：「巴沙特先生，你是英國的間諜，卻用了一個假名來為僱主服務；現在你又受英國貴族政府的薪水，卻在為它的敵人法蘭西共和政府賣命。無論英、法哪一方知道了，你都是罪大惡極的叛

賊！」

巴沙特一下子臉色蒼白。

「我認輸了！你究竟要我怎麼樣呢？」

卡爾登説：「你是附屬監獄裏的一個獄吏吧？」

「想讓達爾南從那裏逃走嗎？這是絕對不可能的事！」

「你只需要回答我的問話。」

「那⋯⋯我可以在那裏隨時進出。」

「好。」卡爾登把他拉向另一間密室，「剩下的該我們兩人單獨説幾句了。」

不一會兒，卡爾登就從裏面出來，把巴沙特送出門口。「再會，巴沙特先生！如果就這樣，你已經不用怕我什麼了。」他説。

勞雷問他是什麼意思，他淡淡地説：「沒什麼，萬一達爾南判了死刑，我就去他那裏一次。」

「但無法救他出來的！可憐的露西！」勞雷的聲調裏充滿了悲哀。

「勞雷先生，請不要把我剛才的決定告訴露西。哦，她近來怎麼樣？」

　　「她老是發愁，悶悶不樂，但依然很美。」

　　卡爾登輕輕地長歎了一聲。他幫勞雷穿上外套，陪他走出門，往露西家走去。

　　但卡爾登並沒有進去。他說他在街上遊蕩的習慣改不了。二人約好明天在法庭上再見。

勞雷進去以後，大門又關上了。卡爾登走上前，深情地撫摸了一下那扇門。他還獨自走到拉福司監獄外那個木匠工棚的拐角，也就是露西常常站在那兒的地方，默默地站了好一會。

　　最後他走進了一家藥店，買了幾小包藥。

　　「現在你已無事可做了。」他對自己説，然後沿着河堤慢慢走着，最後在堤岸上睡着了。

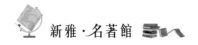

十九、死刑判決

在早上暖烘烘的陽光中醒來的卡爾登，從堤岸上急急地爬起，立即到銀行去找勞雷先生。但他已經走了。於是，卡爾登立即趕往法庭，巴沙特已為他留了個不為人注意的角落位置。

審判已經開始。被告達爾南已帶上來。審判長宣告，昨天被釋放的達爾南，被人告發是共和國的敵人，告發者共三人。

前二人是德法奇夫婦。第三個是曼奈德醫生。

法庭裏一陣騷動。醫生臉色蒼白，顫抖着站了起來，說：「審判長，我抗議！這告狀是假的、偽造的！被告是我的女婿，他的生命比我的生命還可貴！」

「安靜！曼奈德公民，比你生命還可貴的，不是這個囚犯，而是共和國！」

審判長的這番話，引出聽眾一片喝采聲。

　　德法奇一出庭，大家馬上安靜了。他先説自己在醫生家做過男僕，後來醫生被囚，在釋放時又怎樣接收過他。

　　審判長問：「你在攻取巴士底監獄時立過功嗎？」

　　他説：「是的。」

　　「把你那天在巴士底監獄內做的事報告法庭吧，公民。」審判長説。

　　「我知道曼奈德醫生曾被關在北樓一百零五號。攻進巴士底監獄時，曾叫一個獄吏帶我進北樓一百零五號。我在囚房的煙囪裏，找到了曼奈德醫生寫的一卷紙。」德法奇説着把東西交給審判長。

　　「把它讀出來。」審判長叫書記員。

　　在法庭上死一般的寂靜中，一個聲音響起：

　　我，不幸的醫生亞歷山大・曼奈德，生於博韋，後遷居巴黎。在1767年最後的月份，於巴士底監獄淒涼的囚房裏寫這令人悲傷的文稿。

　　1757年12月晚，我正在塞納河碼頭散步，一輛

馬車從我身邊駛過，我聽見有人喝令車夫停車。兩個紳士模樣的人下車問我：「你是曼奈德醫生吧？哦，是的。我們剛到你的寓所找過你，請上車吧！」

「這兩人態度專橫，還帶着武器，不容我問清情況，就挾着要我上車。我無可奈何地服從了。馬車狂奔到郊外一所孤零零的宅院前。我們三人下了車，走到房子門口。因為僕役未能立即跑來開門，他倆中的一個在門開後，用騎馬手套狠狠地打了僕役一個耳光。這時，我看出這兩個人，原來是一對**孿生**①兄弟。

我被帶到樓上，躺在牀上喊叫的病人是個很漂亮的女子，才二十歲左右。她頭髮散亂，被綁在牀上，而綁帶是紳士服裝上用的緞帶，其中一條繡着「埃」

---

①**孿生**：雙生。一胎生出兩個嬰兒。

字。病人睜大狂亂的雙目，不停地叫着「我的丈夫，我的父親，我的弟弟啊！」然後就從一數到十二，接着是一聲「噓！」停頓一會兒，她又重新反復地叫喊。

「這樣有多長時間了？」我問這兄弟倆。

兩人中像是老大的説：「從昨天這個時候起。」

「她有丈夫、父親和弟弟嗎？」

「一個弟弟。」

「她有什麼事與這十二的數目有關係的？」

那個老二有點不耐煩了：「和十二時吧！」

我説：「事先我不知道情況，沒帶藥來。」

那個老二傲慢地説：「我們這裏有一箱藥。」他立即到另一個房間，取來了藥箱。

我費盡氣力，才讓病人吞服了一些藥。為了觀察藥效，以便再增加劑量，我在她的牀邊坐下了。她仍是像剛才一樣狂暴地、有規律地叫喊。半小時過去了，老大又説：「還有一個病人。你最好看看去。」

他掌燈帶我走到馬棚的閣樓上。乾草堆上躺着一個約十七歲的農家少年。他仰臥着，牙關緊咬，右

手握拳放在胸脯上。他是被利刃刺傷的，約二十至二十四小時前受的傷，失血很多，已奄奄一息。

「這是怎麼弄的？先生。」我問道。

「這個下賤的農奴！小瘋狗！他竟逼得我弟弟拔劍──被我弟弟的劍砍倒了。」

他說話時，少年慢慢轉過眼睛看他，然後又慢慢轉到我身上。他說：「醫生，他們很高傲，這些貴族。可我們這些狗，有時也很高傲。他們掠奪我們，污辱我們，毆打我們，我們還有剩下的一點傲氣。醫生，你看過她了嗎？」

我說，我看過她了。

「她是我姐姐，醫生，她和同是這個貴族的佃戶的青年結了婚。這個壞弟弟卻看中了我姐姐，他要求把我姐姐借給他作樂。醫生，你知道，這些貴族有權叫我們整夜守在他們的園子裏，給他們趕青蛙，以免讓蛙聲

擾亂了他們的美夢。他們叫她的丈夫整夜不得休息，白天又去駕車。一天中午他下車去找吃的東西時，隨着報時的鐘聲嗚咽了十二下，然後就死在我姐姐的懷裏──他是被累死的！

「這個貴族弟弟搶走了我的姐姐，供他享樂解悶；我父親知道了這消息，一肚子的氣悶着說不出話來，氣死了；我把我最小的妹妹送到一個他們的權力管不着的地方，就拿一把刀找到這裏來了。醫生，扶我起來吧，他在哪裏？」

這個快死的少年，渴求報仇的強烈願望竟使他掙扎着站了起來。「我用血對他畫這個十字，我要他抵償血債！」他用食指在空中畫完十字，倒下了。我扶着他，他已經死了。

我回到他姐姐的牀邊，她狂暴的喊聲一直延續了二十六個小時。最後進入了昏迷狀態。我發現她已經懷孕。此時已瀕臨死亡了。

兩兄弟緊盯着我，並告誡我在那兒看到的一切，絕不能說出去。因為我已從少年的口裏知道了一切，而這件事有辱他們的名聲。

青年女子終於在一星期後死去。他們給了我一包金幣。但我堅決不收。我要把我所看到的一切告訴大臣，第二天早上我把信送出了，那天剛好是除夕。

　　晚上九時，一個穿黑衣的男人跟著我的少年僕役德法奇，走上樓來，說有個急症病人，請我去一趟，馬車已等在樓下。

　　待我走出住宅，一塊黑布蒙住我的嘴，那兩兄弟從黑暗的角落走出來，向抓著我的人示意我正是他們要找的人。老大從衣袋裏掏出我早上投寄的信，朝我揚了揚，就在燈籠上把它燒掉了。於是，我就給帶到了這兒，一直到現在。

　　在這些可怕的歲月裏，我得不到一點我妻子的消息，不知她死與活。在這1767年的最後一夜，我，亞歷山大・曼奈德，向將來和他們算帳的人們，控告他們和他們最末一代的子孫。我向上帝和地獄告發他們。

　　文稿剛讀完，一陣兇猛的聲浪幾乎掀翻了法庭。審判長說，共和國的好醫生根絕了一個可惡的貴族家

庭，將更受共和國的尊敬。

「那位醫生不是很有影響力嗎？」德法奇太太笑着説，「現在去救他出來吧！」

每一個陪審員表決時，都掀起一陣吼叫。全體一致通過：判處達爾南死刑，押回附屬監獄，在二十四小時內處死！

露西一聽這句話時立即跌倒在地。她心中卻有一種力量，提醒她不能再給他增加痛苦。於是，她支撐着又站了起來，向達爾南走去。

人們已從各個通道湧出法庭。露西央求守在丈夫身邊的獄吏説：「就讓我擁抱一下他吧！」

巴沙特走過來對獄吏點點頭：「行吧？反正就那麼一會兒！」獄吏同意了。

露西奔過去，達爾南從被告席上俯身過來擁抱她。「再見了，我的寶貝。我為你祝福，在**疲勞者安息的地方**[①]，我們將再重逢。」他緊緊地抱着她説，

[①] **疲勞者安息的地方**：源自《聖經》舊約約伯記第三章十七節——「在那裏惡人止息攪擾，困乏人得享安息。」

「代我吻我們的孩子，代我向她告別。」

露西流着淚説：「我的心已碎了！我們不會分離得很久的！你在那裏安息地等着我吧！」

她父親也走過來了，正要向他倆下跪，卻被達爾南伸出一隻手扶住了。達爾南叫道：「不要這樣！現在我們明白了，你心裏曾經歷怎樣的鬥爭！當你知道了我的身世，為了露西，你忍受了多少痛苦！我們應該感謝你，用我們全部的愛和孝心感謝你，願上天保祐你！」

　　她父親再說不出話來，只是慘叫着撕扯自己滿頭的白髮。

　　達爾南被帶走了。露西雙手合攏，像在祈禱着目送他離去，一轉身跌倒在她父親跟前。

　　卡爾登走過來，抱起露西，輕輕把她放到馬車上，並隨車回到她的寓所，又把她抱起來送到她的房裏。

　　「噢，親愛的卡爾登呀！」小露西哭着跳過來，「你快做些事幫媽媽，救出爸爸來呀！」

　　他把孩子的嫩臉蛋貼在自己的臉上。

　　勞雷和醫生走了過來。醫生不甘心地說，他將再去一次檢察官和審判長那兒。

　　卡爾登對醫生說：「九時以前我到勞雷那兒去。你能把最後爭取的結果告訴我嗎？」

　　得到應諾後，他很堅定地離開了露西家。

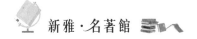

二十、寶貴的生命

當天晚上七時，卡爾登走進了德法奇的酒館。他要他們送一小瓶酒來。

德法奇太太驚訝地看着他，「你是英國人？」她問。

「是的。」卡爾登知道自己有意說的那句差勁的法語起作用了，「太太，我是英國人。」

他拿起一張雅各賓報，假裝看着。他聽見她對丈夫說：「我起誓，他真像埃佛雷蒙特！」

德法奇來送酒，然後表示同意太太的話。他們看卡爾登在認真看報，於是又和櫃台旁的一個雅各繼續談話。

他們的話題仍是今天法庭的判決。

「醫生太受罪了。讀文稿時，他的臉色是那樣難看。」德法奇略顯不安地說。

「他的臉色，哼！不是共和國真正朋友的臉色。

讓他當心他的臉色吧！」德法奇太太說。「還有他的女兒！今天我注意到她了，我還在監獄旁邊的街角注意到她。只要我翹起一個指頭——」她讓她的一隻手指「格」一聲落在前面的貨架上，像斧頭落下來一樣，「我早已把他們的罪惡都記下來了，下決心要滅絕他們！巴士底監獄被攻陷那天，我丈夫找到那卷紙，我們在油燈下讀到天亮。那時候我告訴他，有樁機密事，我要對他說。問問他，是不是這樣。」

「是的。」德法奇肯定地說。

「我說，德法奇，我是在漁民中長大的。這份巴士底獄文稿中所寫的被害人，就是我的一家。要不是哥哥把我送走，我也會被他們害死！跟他們算帳的責任落在我的頭上！我絕不饒恕他們！」

卡爾登在他們停止談話時，付帳出了酒館。當晚九時，他到了銀行的辦事處，發現勞雷正在不安地踱來踱去。直至十時，醫生仍未到來。勞雷擔心露西，又去了她那兒。十二時到了，勞雷回到銀行時，只有卡爾登一個人仍在那裏。

這時，他們忽然聽到誰在上樓梯。那是醫生，他

一進屋，他們就明白，一切都完了。醫生頭上的帽子沒了，領帶也丟了。

「我沒法找到它，」醫生説，「我的凳子，它在哪兒？」他抓着自己的頭髮跺腳，「讓我工作吧，我一定要做完這雙鞋！」

沉重的打擊，使醫生又一次犯病了。看來，要使他立即清醒過來是不可能的。他們二人只好答應幫他找凳子，勸他在爐子前坐下來。他默默看着爐裏的灰燼，老淚一滴滴淌下來。

卡爾登説：「我們得把他送回露西那兒。最後的

僥倖機會已經沒有了。現在我把我的安排告訴你，你要答應我，能按這個安排去做。」

「我相信你，你說吧。」勞雷先生說。

卡爾登拾起剛才醫生掉在地上的外套，同時拾起從外套口袋滑出來的小盒子，裏面裝的原來是曼奈德醫生隨身帶的護照，他不由得大聲喊起來：「感謝上帝！」

勞雷先生急忙問：「那是什麼？」

「等會兒！」卡爾登從自己衣袋拿出另一個證件，連同小盒子一起交到勞雷先生手裏：「這是我和醫生一家的護照，請你把它們保管好。明天我要去看達爾南，不想帶到監獄裏去。醫生現正面臨危險，他的護照可能會被吊銷。」

「怎麼會這樣？」勞雷十分擔心。

「他們非常危險。德法奇太太將會控告他們。今天晚上我無意中在酒館裏聽到德法奇太太的話，而巴沙特也證實了這點。他說街角

的那個木匠，看見露西對囚犯做手勢，發信號。如果指控她企圖教人越獄，就足以使她送命了，而且還有人看見他倆一同在監獄牆外，這樣一來，兩父女都會保不住性命的。」

知識泉

斷頭台：刑具。被宣判死刑的犯人，在台上被鋼刀砍斷頭顱。1981年，法國國會通過廢除死刑的法律，斷頭台終於被送進了博物館。

勞雷先生已急得束手無策。

「不要怕，你能救出他們的。你知道，哀悼或同情斷頭台上的犧牲者，是一條死罪。她和她父親也必然會犯這條罪。所以德法奇太太不會明天就去告發。你必須利用這有限的時間，僱用最快去到海濱的交通工具。明天一早就作準備，下午兩時就要準時出發。」

勞雷先生全部應諾了。

「你在今夜要告訴露西，她一家處境危險，必須在明天下午兩時和你一道離開巴黎。對她說，這是她丈夫臨終的安排。一切希望都寄託在這裏了。你要做好一切準備，待我一到，你就把我接進車裏，立刻動身。」

「不管在什麼情況下，我都得等你是吧？」

「是的。我的護照在你身上。你要給我留好位子。只等我的座位有了人就立即出發去英國！」

勞雷緊緊地握住卡爾登的手。

「明天請你記住，」卡爾登鄭重地説，「不管怎樣都不能改變這個安排。否則不但救不了人，反而幾條命都會犧牲！」

「我會記住的。」勞雷説。

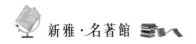

二十一、斷頭台上的微笑

　　達爾南被單獨關在一間囚房裏，在這最後的時刻，他給露西寫了一封長信。他請求她安慰她的父親，要她記住自己最後的祝福，並克制自己的悲哀，撫養他們的愛兒。他還以同樣的語氣寫了一封信給她父親，他特地把妻兒托給他照顧，特別希望他能振作起來。在寫給勞雷的信中，他表達了滿懷感激的友誼，並把自己的親人都托付給他。

　　他從未想到卡爾登，他的心已被裝滿了。

　　不知什麼時候，他睡着了。醒來時已是早晨。他已知道處決時刻是三時。他在囚房裏踱着步。時間一點一滴過去，下午一時已經到來了。

　　「還有最後一個鐘頭。」他想。因為囚車在街道上笨重地走時，速度很慢，所以他把時間「提前」了一個小時。

　　門外石頭過道上有腳步聲傳來，他站住了。

　　有人在開鎖。一個男聲用英語説：「你自己進去吧，我在附近等着。別耽誤時間！」

　　門打開後很快又關上。卡爾登突然站在他面前，説：「你絕對想不到是我吧？」

　　「我簡直不相信是你。你不是囚犯吧？」

　　「不。我利用了一個看守，才來到這兒。我從你妻子那裏來，帶來了她的一個請求。」

　　「那請求是什麼？」達爾南急忙問。

　　「我沒有時間説明了。你必須照辦：脱下你的靴子，穿上我這雙；把領帶跟我交換，把你的頭髮弄成我這個模樣……」

　　「卡爾登啊，這裏是無法逃走的。親愛的卡爾登，我哀求你，不要以你的死來增加我的痛苦吧！」

　　卡爾登説：「你不必拒絕，反正我沒有要求你逃出這道門。我只要求你做一件事，這桌上有紙也有筆，你要一字不差的，照我唸的寫下來。」

　　達爾南已經頭昏腦漲了。他坐下來，機械地問：「寫給誰呢？」

　　「誰也不寫。」

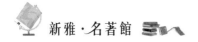

「要寫日期嗎？」

「不寫。」卡爾登説完，就唸下去：

「如果你還記得很久以前我對你説過的話，你看到這個就會很容易理解的了。我知道，你一定會記着那些話，照你的性格，你是不會忘記的。」

達爾南鼻子裏聞到一陣氣味，他想弄清是什麼，可是卡爾登催他繼續寫下去：

「我慶幸，我能證實我的話的時候來到了，我這樣做，絕不是傷心或者遺憾的事情……」達爾南寫到這裏，字都是歪歪曲曲的，無法控制了。

卡爾登從懷裏掏出一包準備好的藥，摀在達爾南的鼻孔上。達爾南掙扎了幾秒鐘，便失去知覺，躺倒在地上了。

卡爾登立即脱下他的衣服穿上，按他的一切來裝扮了自己，隨即輕聲呼喚巴沙特。

那個間諜走進來了。

「看見了嗎？別害怕，我很快就不能加害於你了。現在，叫幫手把『我』抬到車子裏去。」

「你立誓不會背叛我嗎？」間諜仍神情緊張。

　　「別浪費時間了！」卡爾登跺着腳説，「你要親自送他到那個院子裏，親自把他放到馬車上，叫勞雷先生看他一下，要説明別給他吃興奮劑，按我昨天説的做，立即把馬車開走！」

　　間諜轉身很快帶來兩個人，把失去知覺的達爾南當作卡爾登抬走了。

　　門關上了。卡爾登坐了下來。他聽着時鐘遠遠傳來敲了兩下的聲音。

　　而此時，銀行辦事處的勞雷先生，已按卡爾登的安排辦好了一切，當間諜抬來「卡爾登」後，馬車便向巴黎城外飛馳而去。

　　勞雷先生考慮到，若人多，馬車負載重，則行進速度慢。於是決定讓普羅斯女士與錢雷另乘一輛馬車，他倆在三時左右動身。因為他倆不帶行李，不久便可追上來，而且會超過自己這一輛馬車，預早趕到前面去作接應安排。

　　普羅斯女士已看到眼前發生的一切。她很樂意服從勞雷先生的安排。並且和錢雷約好，把他倆乘坐的馬車帶到前面的大教堂前，她步行到那兒上車，以免

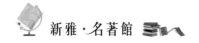

讓人注意到醫生的寓所。

　　普羅斯就要離開這空蕩蕩的寓所時，突然發現走進來一位粗壯的女人：德法奇太太！她站住了，冷冷地注視着普羅斯，大聲地問：

　　「埃佛雷蒙特的妻子在哪裏？」

　　普羅斯嚇了一跳：如果讓她知道真相，就一切都完了！於是趕緊走到露西住過的房門口，關上門，然後用自己粗壯的身軀擋在那兒。

　　「我看你像魔鬼的老婆！」普羅斯説。

　　「你説什麼？讓開，讓我去見她！你聽見了沒有？」德法奇太太怒氣沖沖地擺着右手，用眼睛逼視着普羅斯，心裏卻產生了疑惑：她擋在那兒是什麼意思？是他們走了嗎？

　　她們兩人都用自己國家的語言來説話，彼此都不懂對方的話語；而兩人都從對方的臉色和語氣上，深知對方的敵意。

　　德法奇太太大叫：「你身後的房間有什麼人？讓我看看！」她説着就向房門奔過去。但是，普羅斯女士拚命地抱住了她的腰。

　　兩個同樣身材粗壯的女人扭成了一團。德法奇太太狼狠地掙扎，用手狠狠地在普羅斯的臉上亂打亂抓；普羅斯的雙臂卻越勒越緊，死死卡住她的腰。

　　德法奇太太企圖拿出她掛在腰間的武器：一把短劍，還有一枝手槍，她的手剛碰着槍把的時候，普羅斯發現了，猛地用手肘撞擊它。突然，「轟」的一聲，槍口閃出了一道火光和煙霧。德法奇太太的槍口竟對着自己——她在煙霧還未散盡時，已倒在地上。

　　普羅斯一剎那曾害怕過，很快便去取了自己的帽子，拉下面紗蓋住被德法奇太太抓傷的臉，鎖了門，往教堂走去。過橋的時候，她把鑰匙扔進了河。

　　她剛到那兒不久，錢雷就帶着馬車來了，他們一分不差地按勞雷的安排上了路。她和露西一家，安全地離開巴黎了。

　　那時，時鐘已指向三時。

　　六輛囚車，載着共五十二個囚犯，沿着巴黎的大街隆隆而來。

　　卡爾登在第三輛囚車上。看見這位「埃佛雷蒙特」站在囚車後部，圍觀的人羣中有人在叫：「殺掉

埃佛雷蒙特！」「消滅貴族！」

　　有人還問：「怎麼德法奇太太不來親眼看看，太可惜了！」

　　在人們的瘋狂和仇恨的叫聲中，卡爾登坦然地踏上了斷頭台的踏板。

　　面對着斷頭台，卡爾登想的是什麼呢？他在想：「這一切都必將消亡的，然後一座美麗的城市和偉大的人民就會從這深淵中升起來。

　　「我看見我把我的生命獻給他們的人，露西和達爾南生活得多麼幸福。露西懷中的兒子，還取了我的名字；他必將成為一個成功的人，我的名字也因他而顯得光彩。

　　「我現在做的是一樁大好事情，遠遠勝過我曾經做過的一切；而我現在去的是一個美好的歸宿，也遠遠勝過我從前所想像的。」

　　於是，卡爾登就到他歸宿的地方去了。

1. 本書是現實主義小說，客觀如實地反映了現實生活。從本書中可見，當時法國低下階層的人生活是怎樣的？

2. 為什麼達爾南拋棄自己貴族的身分，放棄繼承遺產，到英國工作謀生？

3. 什麼因素促使卡爾登犧牲自己的生命去救達爾南？

4. 你對卡爾登捨己救人的行為有何評價？

5. 為什麼法國人民要發起革命、推翻貴族？你贊同和支持他們嗎？為什麼？

6. 書中的革命分子認為推翻暴虐的貴族統治便是正義。在你心目中，「正義」又是什麼？

法國的三色國旗

還記得嗎？書中描述參與革命的人，頭上都會戴紅帽子，帽子上還有紅白藍三色帽徽。你知道這三種顏色有什麼意思嗎？

紅色和藍色是取自巴黎市市旗的顏色，支持革命的拉法葉侯爵，在紅、藍兩色中間加上代表法國王室的白色，寓意是期望人民與王室攜手合作，建立一個自由平等的新國家。自此，三色旗被革命者廣泛使用，成為法國大革命的象徵。

最初的三色旗，紅色在旗桿的一側，藍色在外側。1794年，紅色和藍色的位置對調，並將這面三色旗幟定為法蘭西第一共和國的國旗，沿用至今。

此外，也有許多人將法國國旗上的藍、白、紅三色，分別代表法國的國家格言：自由、平等、博愛。

查理・狄更斯
(Charles Dickens) (1812-1870)

英國小説家查理・狄更斯，1812年出生於英格蘭南部的樸次茅斯，童年時跟隨家庭定居於倫敦。父親是一位入息低微的公務員，後來更因欠債被關進監獄，狄更斯12歲那年，便要到工廠當童工，幫補家計，因此沒有讀過多少書，所得的學問全靠自修而來。他的父親愛看書，年輕的狄更斯就把其中的小説看了一遍又一遍，不知不覺地學會了寫小説的技巧，父親出獄後，他才入學讀了兩年書。

15歲時，狄更斯到一家律師行當紀錄員，這使他常有機會練習運用文字，剪裁文章。19歲他開始了記者生涯，他用「蒲茲」這個筆名，在《晨報》發表了反映倫敦生活的雜文，開始受人注意。後來他的作品《匹克威克外傳》成為英國社會爭相討論的話題，名氣大增，那時他才24歲。自此他寫作不輟，至1870年58歲突然去世為止，共寫了十五部家傳戶曉、激蕩人心的名著，《塊肉餘生》、《聖誕述異》、《苦海孤雛》、《雙城記》等後來都拍成電影。由於他少年時生活艱苦，深入下層社會，對貧苦的人有很深感情，而且觀察力強，又有幽默感，因此成為世界上享有盛譽的現實主義小說作家。

新雅 • 名著館

雙城記

原　　著：查理·狄更斯〔英〕
撮　　寫：趙小敏
繪　　圖：ruru lo cheng
策　　劃：甄艷慈
責任編輯：周詩韵
美術設計：何宙樺
出　　版：新雅文化事業有限公司
　　　　　香港英皇道 499 號北角工業大廈 18 樓
　　　　　電話：(852) 2138 7998
　　　　　傳真：(852) 2597 4003
　　　　　網址：http://www.sunya.com.hk
　　　　　電郵：marketing@sunya.com.hk
發　　行：香港聯合書刊物流有限公司
　　　　　香港新界大埔汀麗路 36 號中華商務印刷大廈 3 字樓
　　　　　電話：(852) 2150 2100
　　　　　傳真：(852) 2407 3062
　　　　　電郵：info@suplogistics.com.hk
印　　刷：中華商務彩色印刷有限公司
　　　　　香港新界大埔汀麗路 36 號
版　　次：二〇一七年四月二版

ISBN: 978-962-08-6766-8
© 1994, 2017 Sun Ya Publications (HK) Ltd.
18/F, North Point Industrial Building, 499 King's Road, Hong Kong
Published and printed in Hong Kong